Explosive Dragon King Bahamut

폭룡왕 바하무트

GAME FANTASY STORY

몽연 게임 판타지 소설

폭룡왕 바하무트 4

몽연 게임 판타지 소설

초판 1쇄 찍은 날 § 2014년 8월 28일
초판 1쇄 펴낸 날 § 2014년 8월 29일

지은이 § 몽연
펴낸이 § 서경석

편집부장 § 권태완
편집책임 § 박가연
편집 § 정수경

펴낸곳 § 도서출판 청어람
등록번호 § 제387-1999-000006호
등록일자 § 1999. 5. 31
어람번호 § 제1-1922호

주소 § 경기도 부천시 원미구 부일로 483번길 40 서경B/D 3F (우) 420-822
전화 § 032-656-4452 팩스 § 032-656-4453
http://www.chungeoram.com
E-mail § chungeorambook@daum.net

ISBN 979-11-316-9171-7 04810
ISBN 979-11-316-9088-8 (세트)

Explosive Dragon King
Bahamut

폭룡왕
바하무트

GAME FANTASY STORY

몽연 게임 판타지 소설

4

Explosive Dragon King

Bahamut

폭룡왕
바하무트

CONTENTS

22장
하이 리스크 하이 리턴

불의 신전의 중심부, 봉인된 불의 성지에 발을 들여놓으셨습니다.

종족 특성과 화속성 친화력 산정 결과, 이곳의 열기를 온전하게 버텨내시려면 본체로 현신하셔야 합니다.

불의 정령왕 이프리트가 바하무트 님이 출입할 수 있도록 '겁화의 길'을 잠시 동안 열어둡니다.

부글부글.

"무시무시하네. 안으로 들어가야 한다는 말이지?"

"걱정 마라. 왕께서는 약해진 그대의 몸 상태를 고려해서 출입이 가능하도록 길을 열어두셨다."

슈타이너의 전투에서 몸을 피한 바하무트는 이그니스를 따라 봉인된 불의 성지로 들어갔다. 찾기 어려운 곳에 숨겨져 있다거나 한 것은 아니었다.

계속해서 걷다 보니 어느 순간 눈앞에 영혼조차 녹여 버릴 용암이 끓어오르고 있었다. 기본 화속성 저항이 수천이 넘는데도 겹화의 길을 뚫고 들어가는 게 불가능했다.

알림음에는 본체여야 열기를 버텨낸단다. 바하무트가 본체일 때의 화속성 저항은 1만 정도였다. 이쯤이면 두 가지 생각밖에 안 들었다.

들어오지 말라거나 들어오다 죽으라거나.

"깨라고 만든 던전이 아니네."

이그니스는 수문장에 불과했다. 불의 신전을 공략하려면 그를 죽이고 겹화의 길 너머에 존재하는 불의 정령왕 이프리트까지 죽여야 했다.

"그대만 한 불의 축복자가 아니라면 절대 겹화의 길을 버텨내지 못한다. 어쩌다가 버텨내서 들어가도 왕을 쓰러뜨릴 수는 없다."

"그렇겠지."

정령왕은 재앙 급의 반신이다. 용족과 비교하면 칠대용왕과 동급이었다. 잡는다는 건 말도 안 된다.

"너도 같이 들어가나?

"왕께서는 그대와의 독대를 원하셨다. 나는 불의 신전의 수문장으로서 성지를 지키겠다."

한 차례 어깨를 으쓱한 바하무트가 겁화의 길로 들어가기 전 파티창을 켰다. 슈타이너의 상태를 확인하기 위해서였다.

'녀석, 이겼구나.'

줄어들던 생명력이 아슬아슬한 수치에서 멈춰 있었다. 상태가 썩 좋아 보이지는 않았지만 어찌 됐든 그 둘을 상대로 이겼음이 분명했다.

파팟!

공개되던 슈타이너의 정보가 비공개로 바뀌었다. 이곳을 벗어나서 휴식을 취하려는 현상이었다.

화르르륵!

바하무트가 용암이 들끓는 겁화의 길로 몸을 들이밀었다. 이프리트의 허락이 없었다면 녹아내렸겠지만 적어도 지금만큼은 아무렇지도 않았다.

＊　　　＊　　　＊

바하무트가 겁화의 길을 빠져나와 가장 먼저 본 것은 히드라의 늪지대를 생각나게 할 정도로 넓디넓은 용암지대였다.

일부 지역을 제외하면 발 디딜 곳이 없었기에 비행 기능이 없는 유저들은 활동하기 어려운 지형을 지니고 있었다. 아까 전에도 느꼈듯이 깨라고 만든 던전이 아니었다.

"왔는가?"

공동 전체를 울리는 이프리트의 목소리가 들려왔다. 용투기를 사용할 수 있었다면 어디서 들리는지 스캔이라도 해봤을 텐데, 이래서는 멀뚱히 서 있는 게 전부였다.

"이곳이다, 화룡이여."

쿠르르릉!

용암이 모여들며 수십 미터를 넘어서는 거인의 모습을 갖추었다. 이그니스보다도 몇 배는 더 거대했다.

399레벨 봉인된 불의 정령왕 이프리트.

'봉인… 그랬었나?'

바하무트가 이프리트를 살펴봤다. 이그니스가 말하기를, 이프리트는 한 번의 패배로 겁화의 위엄을 잃어버렸다고 했다. 그게 아니더라도 봉인된 불의 성지라는 단어도 왠지 모르게 신경 쓰였었다. 불의 성지면 성지지, 봉인은 또 무엇이란 말인가?

'누구에게 어떻게 졌기에 반신 급의 정령왕이 정령계로 돌아가지 못하고 저 꼴이 된 거지?'

"화룡이여. 내가 누구에게 졌는지 궁금한가?"

"궁금합니다."

이프리트가 바하무트의 속내를 정확하게 꿰뚫어 봤다. 그에 거짓 없이 솔직한 속내를 내비쳤다.

"자네와 같은 화룡, 레드 드래고니언에게 졌다네."

"레드 드래고니언?"

"눈치가 빠른 것 같으면서도 꼭 그렇지만도 않군. 이그니스가 그리 강조를 했는데도 모르다니."

"아!"

바하무트는 이그니스와 처음 마주했을 때를 떠올리며 탄성을 내질렀다. 그때 그는 이렇게 말했다.

'레드 드래고니언? …거기다가 용투사? 놈! 그의 핏줄이더냐!'

바하무트가 생각해 낸 것을 안 이프리트가 뒤이어 말을 덧붙였다.

"원한 관계는 아니니 걱정하지 않아도 되네. 이그니스는 내가 안쓰러워서 그리 반응했던 걸세. 우린 순수하게 불의 권능을 겨뤘을 뿐이야."

"그게 누굽니까?"

"크라디메랄드. 용신 이카루트 님을 떠받드는 용족의 일곱 기둥 중의 하나, 그대들의 언어로는 칠대용왕이라던가?"

"화룡왕 전하를 말씀하시는 겁니까?"

"그렇다네. 화룡왕 크라디메랄드, 그가 맞네."

화룡왕 크라디메랄드.

바하무트는 벨케루다인의 서고에 꽂혀 있던 고서에서 그에 관한 내용을 읽어봤다.

용신 이카루트 님의 큰아들이자 수십만 년을 살아온 라그나뢰크 급의 노룡, 모든 화룡의 아버지이며 칠대용왕의 대용왕.

그 밖에도 크라디메랄드를 지칭하는 단어는 셀 수 없이 많았다. 한 번은 벨케루다인에게 실제로 보고 싶다고 말했었다. 그런데 장군이 되기 전까지는 고룡이라도 용왕전의 출입이 통제된단다.

"왜 싸우신 겁니까?"

"그는 증명하고 싶어 했네. 불을 다루는 반신 급의 존재 중에서 제 자신이 가장 강하다는 것을."

크라디메랄드는 지닌 바 강함을 증명하기 위해 이프리트를 소환했다. 이프리트도 호승심이 동해 거기에 응했고, 둘은 합의하에 격돌했다.

"싸움에서 패한 나는 겁화의 위엄을 잃어버렸네. 크라디메랄드는 그 점이 마음에 걸렸는지 나를 도우려고 불의 신전을 지으면서 남은 권능을 동원하여 용암지대를 만들어줬네."

"이그니스에게 들기로는 수천 년간 이곳에서 지내셨다고 하더군요. 그만한 세월로도 겁화를 되찾지 못한 겁니까?"

"내가 정령계로 돌아가지 못하자 정확하게 유지되던 원소 간의 균형이 어긋나 버렸네. 다른 정령왕들이 노력해 준 덕분에 사태가 악화되지는 않았지만, 불의 정령들은 내 힘을 받지 못해 전부 흩어졌다네."

정령은 외부와의 계약을 통해 힘을 부여받고 성장한다. 그리고 부여받은 힘의 일부분이 이프리트에게로 유입된다. 모든 정령이 흩어지며 유입되는 힘이 단절됐다. 이프리트는 당장

힘을 회복하기보다 불의 정령을 만드는 게 중요하다고 생각했다.

그는 생각을 실행에 옮겼다. 그렇게 중간계에서의 첫 번째 자식인 이그니스가 태어났다. 이그니스를 시작으로 불의 정령들은 하나둘 증식했다. 오늘날에 와서는 불의 신전을 가득 채우게 됐다.

"상급 이하의 불의 정령은 내가 굳이 만들려고 노력하지 않아도 저절로 만들어진다네. 오랜 세월 화기에 노출된 불의 신전이 그런 환경을 제공해 줬으니까. 그러나 이그니스를 새로 만들려면 현재 보유한 힘의 30%가 소모된다네."

바하무트가 이그니스를 죽였다면 이프리트는 지금보다 더 약해졌을 것이다.

"혼자 정령계로 돌아가 봐야 달라지는 게 없어서 늦더라도 균형을 맞춘 이후에 돌아가실 생각이란 뜻이군요."

"정답이네."

"저를 보자고 한 이유가 뭡니까? 이그니스를 살려준 게 고마워서? 아니면 당신과 화룡왕 전하와의 일을 알려주시려고?"

"둘 다이기도 하고, 자네에게 부탁하고 싶은 일도 있어서라네. 우선 이그니스를 살려준 것에 대한 보답부터 하겠네."

불의 정령왕 이프리트가 바하무트 님을 인정하는 의미에서 불의 축복을 내렸습니다.

불의 축복의 영향으로 +5레벨, 화속성 관련 능력치가 5% 증가하셨습니다.

"오오!"

이그니스를 죽임으로 얻었어야 했던 경험치와 아이템 등이 전부 경험치로 환산됐다. 그 덕분에 바하무트의 레벨이 5나 올라갔다.

화속성 관련 능력치도 대단한 보상이었다. 아이템이나 영약은 구해서 착용하거나 복용하면 된다. 그러나 축복 등은 받기가 까다로워서 조건이 충족되지 않으면 받지 못한다.

"더 큰 보답을 하고 싶어도 줄어든 내 힘으로는 이게 한계라네."

"아닙니다. 이것만으로도 충분합니다. 값진 것을 얻었습니다. 그나저나 부탁할 게 무엇인지?"

"나와 계약을 해주게."

띠딩!

오랜 세월 불의 신전에 봉인되어 있던 이프리트의 간절한 염원이 전달됩니다. 강제성은 없으며, 허락과 거절은 자유입니다.

[불의 정령왕 이프리트의 부활 : 시크릿 등급(SSS)]

내용 : 수천 년 전, 화룡왕 크라디메랄드에 의해 중간계로 소환된 이프리트는 그와의 싸움에서 패배하여 겁화의 위엄을 잃어버렸다. 오랜 세월 용암지대의 화기를 흡수한 결과 상당수를 되찾는 데 성공했지만, 정령계의 균형을 위해 불의 정령들을 만들어 내느라 모은 힘을 고스란히 소모했다. 불의 신전으로 통하는 입구가 개방되지 않았다면 조용히 숨죽이고 힘을 모았을 텐데, 입구가 개방되는 바람에 그마저도 어려워졌다. 수문장 화염의 이그니스가 봉인된 불의 성지를 지킨다고 해도 그게 영원히 가리란 보장은 없다. 성지가 침범당해 이프리트가 소멸하기 전에 그가 과거의 권능을 회복할 수 있도록 도와라!

제한 : 이프리트의 인정을 받은 자.
성공 : 불의 정령왕 이프리트의 부활.
실패 : 이프리트의 소멸.

선 보상 : 타오르는 겁화의 위엄.
선 페널티 : 사냥, 퀘스트 등으로 얻는 경험치의 50%가 이프리트에게로 흡수.

페널티
1. 200레벨 하락.
2. 불의 저주 : 화속성 관련 능력치 50% 영구 하락.
3. 타오르는 겁화의 위엄의 소멸.

"……?"

보상도 후하고 발견하기도 어려운 시크릿 퀘스트였다. 정령왕이 내준 퀘스트답게 SSS급이었다. 여기까지는 이해할 만했다. 정작 바하무트가 멍청한 표정으로 쳐다보는 부분은 페널티였다.

선 페널티부터 심상치 않았다. 부활이라는 단어답게 경험치의 50%를 나눠 먹어 성장하겠다는 것이었다. 실패 시의 페널티는 더욱 가관이었다.

페널티 1번, 아무래도 −20레벨이 잘못 적힌, 일종의 버그 같았다.

페널티 2번, 화속성 관련 능력치의 50% 영구 하락? 이것도 5%가 잘못 적혔다.

페널티 3번, 그나마 준 걸 도로 뺏는 거라 이해하고 넘어갈 만했다.

'미친!'

잘못 적혔다고? 그럴 리가 없지 않은가? 이 퀘스트를 받아서 실패하면 그날이 게임을 접는 날이었다.

'330레벨에서 −200이면 130? 실패하면 내 레벨이 130이 된다고? 화속성 관련 능력치가 50% 하락한 상태에서?'

백번 양보해서 레벨은 올린다고 치자. 그런데 영구 하락된 능력치는 레벨을 올려도 복구되지 않는다.

그동안 영약과 퀘스트로 올린 부가적 능력치가 전부 날아가는 거였다.

'대체 타오르는 겁화의 위엄이 뭐기에 페널티가 이따위로 붙는 거지?'

선 페널티나 보상이나 의미는 똑같았다. 퀘스트 완료 이전에 먼저 준다는 뜻으로 이런 경우는 굉장히 드물었다.

바하무트는 거절할 생각으로 말했다.

"제 능력으로는 벅찰 것 같습니다."

"이해하네. 그렇다면 마지막으로 이것을 보고 판단해 주게나."

화르르륵!

이프리트의 가슴 부근에서 용암으로 뭉쳐진 붉은 구체가 빠져나오더니 바하무트에게로 다가갔다. 저게 타오르는 겁화의 위엄인 듯했다.

스윽.

바하무트가 붉은 구체를 향해 손을 뻗었다. 그와 동시에 구체의 옵션이 떠오르며 그의 시야를 마비시켰다.

[타오르는 겁화의 위엄 : 레전드(봉인률 50%)]

설명 : 반신 급의 존재, 불의 정령왕 이프리트가 자신의 심장을 정제해서 만든 불의 결정체. 과거에는 지금보다 몇 배는 더 강대한 권능을 지녔었지만, 그가 쇠약해지는 바람에 겁화의 위엄도

약해졌다. 그러나 신의 힘은 위대한 것, 급하게 끌어모았어도 세상을 잿더미로 만들어 버릴 위력을 내포하고 있다.

제한 : 3차 전직 이상, **종류** : 전신갑옷, **내구도** : 25,000/25,000.

방어력 65,000, 근력 +4,200, 체력 +4,000, 민첩 +3,800, 지능 +2,500, 화속성 강화, 저항 +2,500.

일반 옵션

1. 화속성 관련 능력치 50%증가.

2. 경험치를 소모하면 봉인된 불의 성지로 텔레포트 할 수 있다.

3. 불의 가호 발동 : 착용 시 타오르는 겁화를 발생시켜 적으로부터 주인을 보호한다.

특수 옵션

1. 마그마 헬 : 이프리트가 건재하던 시절, 즐겨 사용하던 광역 소멸기다. 시전자를 중심으로 반경 300미터가 용암 지옥으로 뒤바뀌며 대폭발이 일어난다. 어쭙잖은 존재는 그 내부에서 살아남지 못한다.

2. 겁화의 기사단 소환 : 불로 이루어진 100명 규모의 기사단을 소환한다. 마력이 허락한다면 얼마든지 유지가 가능하며, 개개인의 능력은 시련 등급의 199레벨 몬스터와 비슷하다.

3. 염왕대겁신 : 한 달에 한 번, 이프리트의 권능을 빌려 10분간 본신의 능력을 두 배로 증가시킨다. 착용자의 능력이 강할수록 그 효과가 높아진다.

'장난이지?'

몇 년은 더 지나서야 풀릴 거라 예상했던 레전드 아이템을 이곳에서 보게 될 줄이야. 장비 한 부위도 아니고 구하기가 그토록 어렵다는 전신 갑옷이었다. 옵션이 엄청난 것도 그래서였다. 겁화의 위엄을 착용하면 무기와 액세서리만 신경 쓰면 된다.

봉인률은 그 아이템이 온전하지 않음을 알려준다. 고로 50%라는 단어는 본래 능력의 반절에 불과하다는 간략한 설명이었다.

'신이 나를 시험하나?'

현실에서 사업을 하는 바하무트는 문득 하이 리스크 하이리턴의 법칙이 생각났다.

큰 수익을 내기 위해서는 큰 위험을 감수해야 한다는 뜻이었다.

반대로 읽어도 의미는 비슷했다. 이프리트의 부활 퀘스트를 수락하면 레전드 아이템을 얻지만, 실패하면 바하무트는 포가튼 사가에서 사라진다.

'시간 제한이 걸린 퀘스트는 아니다. 부활은 경험치를 나눠 먹음으로써 과거의 권능을 되찾는 걸 의미할 테고, 소멸은 어떠한 이유로든 겁화의 길이 뚫려서 죽을 때겠군.'

전자나 후자나 시간 싸움이었다. 둘 중 바하무트가 걱정하는 부분은 후자였다. 당장은 불가능하더라도 유저들의 수준이 높아지면 이그니스를 죽이고 겁화의 길을 뚫을 것이다.

'타오르는 겁화의 위험 자체로만 따지면 거부하지 못할 정도로 매력적이다. 다만, 감당해야 할 무게가 너무나도 무거워.'

바하무트가 고민을 거듭했다. 그를 바라보는 이프리트도 재촉하지 않고 차분하게 기다렸다. 신중히 결정하도록 도와줘야 했다.

'내가 이곳에 온 이유를 택하겠다.'

바하무트가 결정을 내렸다. 불의 신전을 찾아온 이유는 이곳의 보스를 잡아 히어로 아이템을 얻기 위해서였다. 이제 와 물러설 수는 없었다.

"받아들이겠습니다."

"고맙네."

띠띵!

> 불의 정령왕 이프리트의 부활을 받아들이셨습니다. 선 페널티가 적용되어 이 순간부터 얻는 경험치의 5마%가 이프리트에게로 흡수됩니다.

"타오르는 겁화의 위엄은 내가 힘을 되찾을 때마다 저절로 봉인이 풀릴 걸세. 요긴히 써주길 바라네."

> 레전드 아이템, 타오르는 겁화의 위엄이 계약에 의해 바하무트 님을 주인으로 인식합니다.

바하무트가 착용하고 있던 유니크 아이템들이 저절로 벗겨지며 타오르는 겁화의 위엄이 착용됐다.

아이템 하나 바꿨을 뿐인데도 무시무시한 능력치 증가와 더불어 바하무트의 기운이 이프리트에 버금갈 정도로 폭증했다. 물론 그렇다고 해도 실제로 붙는다면 이기지는 못할 터였다.

"이제는 그만 돌아가고 싶군."

이프리트의 목소리에서 정령계로 돌아가고 싶다는 절실함이 느껴졌다. 퀘스트를 완료하기까지 몇 년이 걸릴지는 모르겠다. 어쨌거나 수락했기에 앞만 보고 달려나가는 수밖에 없었다.

"상처가 심하군. 나의 볼일은 끝났다네. 궁금한 게 있다면 물어보고, 없다면 이만 돌아가서 쉬게나."

"그러겠습니다."

바하무트가 간단한 인사로 이프리트와의 첫 만남을 마무리하고는 텔레포트 스크롤을 찢었다. 원래 불의 성지 내부에서는 사용이 불가능했지만, 이프리트의 허락이 있으므로 가능했다.

우우우웅!

흰빛에 휩싸인 바하무트가 사라졌다.

이프리트 혼자 남자 넓디넓은 불의 성지에 정적만이 감돌았다.

"왔으면 나오지, 뭘 그리 숨어 있는가?"

이프리트가 한곳에 시선을 두며 말했다.

지이이잉!

공간이 열리며 머리카락, 눈썹, 눈동자가 전부 붉은 남자가 나타났다. 마치 벨케루다인이나 바하무트의 모습을 보는 듯했다.

"크라디메랄드, 언제나 느끼지만 자네의 괴팍함은 한결같구먼."

"인간들이 말하기를, 성격이 변하면 죽는다고 하더군. 그런 의미에서 나는 아직 죽고 싶지 않아."

능청스럽게 말하는 남자.

그가 칠대용왕의 대용왕이라 불리는 화룡왕 크라디메랄드였다.

499레벨.

바하무트가 크라디메랄드의 레벨을 봤다면 게거품을 물었으리라.

"못 보던 상처가 있군. 누구에게 입었는가?"

"이거?"

크라디메랄드가 볼에 생긴 화상을 긁적이며 멋쩍은 듯 미소 지었다. 그럼에도 이프리트는 장난으로 받아넘기지 않았다. 그는 화룡왕이었다. 화룡왕에게 화상이라니, 가당키나 한가?

"설마, 그와도 싸웠나?"

으쓱.

크라디메랄드가 말 대신 긍정의 표현으로 살짝 어깨를 흔들었다.

후우.

이프리트가 한숨을 내쉬었다. 그는 용신 이카루트도 포기해 버린 천하의 말썽꾸러기였다. 가뜩이나 종족 간의 사이가 적대적이었다. 무시하고 싸웠다면 제법 여파가 컸으리라 예상됐다.

"이겼나?"

"졌으면 이곳에 오지도 못했겠지."

쉽지 않은 싸움이었다. 아직도 그가 뿜어내는 지옥 화염을 떠올리면 온몸이 화끈거렸다. 얼굴의 상처는 일부러 치료하지 않았다. 영예로운 훈장은 지우지 않고 남겨둬야 하는 법이었다.

"그는 어디 있나? 돌아갔나?"

"대화산 주변에 처박았다. 아마도 그곳에서 휴식을 취하고 있겠지."

"그를 중간계에 소환시켜 놓고 나 몰라라 하다니, 이카루트 님께서 고생이 많겠어.

"안 그래도 많이 혼났다.

"어련하실까?"

"그나저나 어때? 저 아이?"

크라디메랄드가 화제를 돌렸다.

이프리트는 그의 물음에 조금 전에 사라진 바하무트를 떠올렸다.

"세상이 열린 그 짧은 시간 내에 저만큼 성장한 걸 보고는 놀랐다네. 신의 축복을 받은 이들 중에서는 가히 독보적이더군."

"같은 생각이다. 저대로만 자라면 내 자리를 물려줄 수도 있겠어.

"노룡의 벽과 왕의 자격을 통과한다면… 자네의 뜻대로 되겠지."

노룡의 벽은 4차 전직 퀘스트고 왕의 자격은 칠대용왕 퀘스트였다. 이를 통과하면 바하무트는 진정한 폭룡왕으로 불린다.

"먼 훗날 일은 넘어가기로 하지. 그것보다 타오르는 겁화의 위엄을 준 이유가 대체 뭐야? 저 아이가 갖기에는 아직 이른데."

반쪽에 불과해도 정령왕이 만든 신기였다. 적당한 걸 줬다면 그러려니 했겠지만 이번 것은 좀 심했다.

"자네가 여기에 수천 년을 갇혀 있으면 저절로 알게 될 걸세."

"그런가? 좋아. 별일 아니니까 그것도 넘어가자. 생각만으로도 몸서리가 쳐진다. 어쨌거나 얼굴 본 걸로 만족하니 가겠다."

"수면에 들 텐가?

"쌈박질만 해대서인지 많이 피곤하네."

크라디메랄드는 이프리트와의 싸움에서 입은 상처를 전부

회복하지 못한 상태에서 그와 싸워 이겼다. 비록 이겼어도 상처가 중첩되는 바람에 오랜 시간 수면기에 들어야 함을 피할 수가 없었다. 해서 그전에 이프리트의 얼굴을 보러 온 것이다.

"일은 자기가 벌여놓고 수습은 남이 하게 만드는군."

"이왕 나온 김에 하는 말인데, 이렇게 된 거 부탁 좀 하지. 그놈이 분명 나보다 빨리 나올 거거든? 자네가 막아주면 안 될까?"

"거절하겠네. 그자와 싸웠다간 나는 또 이 용암지대에 처박히는 신세가 될 걸세."

"거절인가? 음… 그렇다면 그 녀석을 하루 빨리 키워야겠는걸?"

"벨케루다인이 노룡의 벽을 넘을 수 있었다면 좋았을 텐데."

크라디메랄드도 그랬으면 좋겠다는 듯 동의했다.

"그럼 좋겠다만, 노룡의 벽을 넘으려면 아버지의 피를 이은 친자식이거나 신의 축복을 받았거나 두 가지 경우뿐이니까."

크라디메랄드의 뒤를 이을 존재는 바하무트가 유일했다. 그가 잇지 못한다면 다른 용족 중에서 찾아야 했다. 그런데 다른 용족들의 수준을 보면 하품부터 쏟아졌다. 현재 골든 나가 일족도 슈타이너라는 어린아이 하나만을 바라보며 살아갔다.

"자네 생각이 그러하다면 그가 강해질 수 있도록 도움을 좀 주지 그러나? 그가 강해져야 나도 이곳에서 벗어날 수 있다네."

"안 그래도 그 아이에게 냉혈의 아즈란이 있더라고. 빙룡왕 녀석이 좋아할 물건이지. 그걸 내가 어렸을 때 쓰던 것과 바꿔 줄 생각이야."

"좋군."

"앞으로 수백 년은 못 온다. 훗날 보자고."

"영원을 살아가는 우리에게 수백 년은 무의미하다. 다시 볼 날을 기대하지."

"아! 그리고."

우우우웅!

크라디메랄드의 기운이 급격하게 증가하며 눈에 띄게 유형화됐다. 그리고는 이프리트를 감쌌다.

"이건……?

"어차피 수면기에 들면 알아서 채워질 힘이잖아? 적더라도 도움이 될 거다. 이제 진짜 간다."

파팟!

불일을 끝낸 크라디메랄드가 드래드누스로 돌아갔다. 이프리트는 그가 준 힘의 크기를 측정해 봤다. 말은 적다 했어도 용암 지대에서 족히 수백 년은 모아야 될 만큼 어마어마했다.

"미안했으면 일을 벌이질 말든가."

병 주고 약 주고, 하여간 수십만 년을 살았어도 그는 한결같았고, 앞으로도 변하지 않을 것이다.

*　　　*　　　*

사막왕국 모나크는 대륙 오대금지구역의 샌드 헬과 국경을 마주한다. 그곳의 중심부에는 아직 유저들에게 알려지지 않은, 호흡하는 것만으로도 생명체를 녹여 버릴 대화산이 존재했다.

사시사철 초열의 더위를 선사하는 불지옥.

추정 사냥 레벨 300 이상.

그것도 솔로 플레이가 아닌, 파티 플레이 기준이었다. 어쩌면 그마저도 불가능할지도 모른다.

끼아아악!

대화산 외각 지역에서 불로 이루어진 거대한 대붕이 날아올랐다.

활짝 펼친 양 날개의 길이가 수백 미터는 될 법한, 어마어마한 크기의 괴물이었다.

400레벨 대화산의 신조 염화의 피닉스.

대화산은 물론이고 샌드 헬 전체의 지배자였지만, 수백 년 전 나타난 존재에게 밀려 안락하고 따뜻한 보금자리를 빼앗겼다.

극심한 상처를 입고 나타났기에 싸워볼까도 생각했다. 그러나 당시 피닉스도 큰 전투를 치러서 몸 상태가 정상이 아니었다.

더욱이 상대에게서 느껴지는 기운의 크기가 무시 못 할 정도라서 어쩔 수 없이 눈물을 머금고 물러났다.

끼아아아!

"시끄럽다……."

피닉스가 울부짖자 대화산 깊숙한 곳에서 쇠를 긁는 듯 듣기 싫은 목소리가 들려왔다.

"시끄러우면 떠나라. 여기는 내가 태어나고 자란 나의 안식처다."

피닉스가 자신의 의지를 전달했다. 자주는 아니라도 종종 있는 일이었다.

"이곳에서 나가면 네놈부터 죽여주마."

"어디 지금 해보겠나?"

콰아아아!

대화산 깊숙한 곳에서 거대한 팔이 솟구치며 피닉스의 다리를 잡으려고 했다. 그는 가볍게 블링크를 사용해 멀리 떨어졌다.

"당해주지를 않는군."

"기회가 있다면 나를 죽이고 내 영단을 먹으려고 하는 것을 잘 알고 있다. 하나 명심해라. 못해도 그대의 반신은 가져가겠다."

끼아아악!

한 차례 더 울부짖은 피닉스가 하늘 높이 떠오르며 사라졌다. 아직은 때가 아니었다. 몸이 회복되려면 시간이 더 필요했다.

"저놈의 영단만 먹으면 되는데……."

크라디메랄드와의 전투는 그의 원천을 앗아갔다. 수백 년 간 대화산의 화기를 흡수했건만, 과거의 60%밖에 되지 않았다.

피닉스는 상처가 얕은 편이라서 몇 년 내로 힘을 되찾을 거다. 상대하기 어려운 놈이기에 영단을 먹으려면 지금이 기회였다.

"크라디메랄드… 날 소환한 걸 후회하게 해주지."

한 번은 패했지만 두 번은 패하지 않는다.

재회하는 그때야말로 지옥 화염이 최고란 것을 증명해 보이겠다.

* * *

아마란스 영지로 돌아간 바하무트는 하루를 푹 쉬었다. 그리고는 게임에 접속하자마자 슈타이너와 브레인을 찾아갔다. 그는 레이란과 니쿠룸이 자신에게 하려 했던 일을 말해주며 동영상 파일 두 개를 건네줬다.

바하무트와 슈타이너가 각자 한 개씩 찍은 것이었다. 그 동영상을 본 브레인이 눈살을 찌푸리며 육두문자를 내뱉었다. 내용이 아주 더러워서 화가 치밀었다. 브레인은 둘의 설명과 건네받은 동영상을 토대로 작업에 착수했다. 타인이 이해하기 쉽도록 쓸데없는 부분은 편집하고 핵심 내용만 짚었다.

동영상에 나오는 쿠라이와 스라웬에게는 바하무트가 양해

를 구했다. 둘은 흔쾌히 허락했다. 내심 니쿠룸과 레이란이 한 짓이 괘씸하다 생각했던 중이었다. 만천하에 까발려서 욕이란 욕은 죄다 처먹이고 평판을 바닥으로 떨어뜨려 놔야 속이 풀릴 듯했다. 스라웬은 레이란과 친분이 있었기에 다소 꺼려 하는 기색이 있었지만, 잘못이 명백했기에 두둔할 수는 없었다.

그렇게 며칠이 지난 어느 새벽.

브레인이 심혈을 기울여 만든 동영상이 대륙십강의 진실이란 제목으로 플레이 포럼에 올라갔다.

*　　　*　　　*

레이란은 차마 발걸음이 떨어지지 않았다. 오늘은 헬렌비아 제국 소속 세 명의 대륙십강이 모이는 정기회의의 첫날이었다

가기 싫은 이유?

간단하다. 어제 새벽, 대륙십강의 진실이라는 동영상이 플레이 포럼에 올라왔다. 동영상은 치명적인 덫처럼 그녀를 붙잡았다.

예상치 못한 건 아니었다. 그 정도의 각오도 없었다면 행동으로 옮기지 않았을 것이다. 다만, 그 각오는 성공했을 때의 경우였다. 성공했다면 동영상이 뜨든 욕을 먹든 한 귀로 듣고 한 귀로 흘렸을 텐데, 얻기는커녕 모든 게 나락으로 떨어졌다.

296이 되어버린 레벨, 유니크 아이템의 유실, 추락한 명성. 얼음 날개 길드에서도 탈퇴자가 속출했다.

화가 나도 제재를 가할 명분은 없다. 그냥 눈 뜨고 지켜봐야
했다.

뚜벅뚜벅.

레이란은 등 뒤에서 들리는 발소리에 뒤를 돌아봤다. 매끈
한 갈색 가죽 갑옷에 2미터가 넘는 대궁을 등에 멘 여성 유저
가 다가오고 있었다. 그에 레이란이 반가운 표정을 지으며 말
했다.

"알카디스 님!"

대륙십강 랭킹 6위, 물의 신궁 알카디스.

이사벨라와 같은 엘프이며, 세부 종족 우드엘프의 정령궁사
였다. 직업 이름에서 느껴지다시피 그녀는 슈타이너처럼 듀얼
클래스다. 물의 정령을 다루면서 화살 폭격을 가하는 원거리
전투 스타일은 대륙십강 사이에서 상대하기 까다롭기로 자자
했다.

최근 불의 신전의 개방으로 니쿠룸의 레벨이 급격하게 오르
면서 7위와 8위를 오락가락했었다. 그러나 니쿠룸과 레이란이
슈타이너에게 죽은 영향으로 7위를 뛰어넘어 6위로 올라섰다.

스윽.

알카디스는 레이란을 보고도 못 본 척하고 지나쳤다. 평소
와는 다른, 자신을 대놓고 무시하는 태도에 레이란의 몸이 굳
었다.

"아, 알카디스 님?"

"그 동영상, 정말 최악이더군요. 보는 내내 당신에 대한 실

망감만 무럭무럭 솟아올랐습니다. 이 시간부로 푸른 눈동자 길드는 얼음 날개 길드와의 동맹을 폐지합니다. 앞으로는 사적인 자리를 제외한 공적인 자리에서만 서로를 인지했으면 합니다."

알카디스가 차갑게 말하고는 정기회의장으로 들어갔다. 타마라스 하나로도 모자라서 레이란마저 그와 같은 길을 택해 버렸다.

더는 말을 섞고 싶지 않았다.

으득.

명한 표정을 짓던 레이란이 돌연 이를 갈며 표독스러운 눈빛으로 알카디스를 노려봤다.

실패의 여파가 여기저기에서 카운터로 돌아왔다. 보유하고 있는 인맥 중에서 가장 굵은 튼튼한 인맥이 끊어졌다. 이리되면 알카디스를 통해 알았던 자잘한 인맥들은 저절로 아웃이었다.

하아.

현실을 인지하고 호흡을 고른 레이란이 알카디스를 따랐다. 그러자 상석에 앉아 있던 타마라스가 키득키득 웃으면서 그녀들을 반겼다.

"왔나? 오? 주인공께서도 오셨군."

알카디스는 레이란과 마찬가지로 타마라스의 인사도 무시했다. 타마라스는 그러거나 말거나 연신 웃어대기 바빴다.

"무슨 소리죠?"

"웅? 잘 알면서 왜 그래? 이걸 봐."

타마라스가 자신이 보던 동영상을 레이란에게로 공유시켰다. 다름 아닌, 대륙십강의 진실이었다.

콰콰콰쾅!

박진감 넘치는 사운드가 실감나는 효과음을 전달했다. 동영상 속에서는 슈타이너가 레이란과 니쿠룸에게 소닉 붐을 난발하는 중이었다.

"잘 찍었군. 편집도 잘됐어."

"치우세요!"

"웅? 그러지. 예의가 아니군. 사과하겠다."

타마라스는 레이란이 분노 어린 음성에 공유시켰던 동영상을 끄고는 본인만 볼 수 있도록 돌려놨다.

우우우웅!

타마라스가 사운드의 볼륨을 최고로 높였다. 그 탓에 정기회의장이 시끄러워졌다. 그럼에도 제재를 가하는 NPC는 없었다. 공작 이상이 아니라면 공왕의 직책을 지닌 그를 막지 못한다.

"그만!"

쩌저저적!

레이란이 거대한 원형 테이블을 후려쳤다. 그녀의 손바닥에서 뿜어지는 차가운 냉기가 테이블을 잠식하며 범위를 넓혀갔다.

"병신 같은 년. 발끈하긴."

"뭐라고요?"

갑작스런 타마라스의 독설에 레이란이 상황 파악 못하고 답했다.

"슈타이너에게 이대일로 덤비고도 패한 년이 자존심은 살아 있군."

"그는 히어로 아이템을 두 개나 가지고 있었어! 동등한 조건이었다면 지지 않아!"

"두 개?"

"두 개라고요?"

타마라스와 알카디스가 레이란의 폭탄발언에 관심을 기울였다. 3차 전직을 앞둔 그들의 관심은 단연 히어로 아이템이었다.

"그래! 슈타이너는 자신이 알고 있는 히어로 아이템만 네 개라고 말했어! 그와 바하무트에게 들었던 이야기를 종합해 보면 슈타이너에게 둘, 바하무트에게 하나, 라이세크에게 하나가 있어!"

"라이세크마저도……."

알카디스가 말끝을 흐렸다. 대륙십강의 최약체인 라이세크마저도 히어로 아이템을 소지하고 있단다. 도대체 어떻게 구한 걸까? 구할 방법이 있다면 억만금을 줘서라도 알아내고 싶었다.

"라이세크의 히어로 아이템은 스킬 북, 다모스 왕국 점령전에서 그레우스 공작이 떨군 것을 바하무트가 양보해 준 거랬

어요."

레이란이 알카디스의 궁금증을 풀어줬다. 지금 그녀가 말하는 것들은 타마라스가 귀를 기울이고 들을 정도의 고급 정보였다.

"슈타이너의 아이템도 바하무트가 얻어준 거예요. 불의 신전에 나왔던 330레벨의 이그니스도 잡았을 테니 한 개, 혹은 몇 개를 더 얻었겠죠."

"킥!"

"왜 웃죠?"

"생각하면 할수록 네년이 더욱 병신 같아서."

"죽고 싶나요? 참는 데도 한계가 있다는 걸 명심하세요."

"동등한 조건이었다면 지지 않았을 거라고? 반대로 한 번 물어볼까? 네년에게 히어로 아이템이 두 개가 있다고 치지. 나와 알카디스를 상대로 동시에 싸워서 이길 수 있으리라 장담하나?"

핵심을 파고드는 타마라스의 역공에 레이란이 그와 알카디스를 번갈아서 쳐다봤다.

한 명이라면 필승이었다. 그런데 두 명이면 불가능할 것 같았다.

"히어로 아이템은 말이지. 빌면 비는 대로 소원을 이뤄주는 램프의 요정 같은 게 아니다. 그냥 다른 아이템보다 옵션 등이 좀 더 좋을 뿐이다. 비슷한 실력이라면 변명거리가 되겠지만."

타마라스의 폭언은 그것으로 끝난 게 아니었다.

그는 계속해서 말을 이으며 레이란의 가슴을 갈가리 찢어버렸다.

"네년과 니쿠룸이 모자라서 진 거야. 어떻게 이겨야 만족할 만한 승패가 될까? 포가튼 사가는 게임이다. 게임에서 뭘 바라는 건가? 킥킥! 이 세계에 정식으로 발을 들인 것을 축하한다."

짝짝짝짝!

타마라스의 진심 어린 박수 세례에 레이란이 발작적으로 소리쳤다.

"난! 달라! 당신과 비교하지 마!"

"지랄을 해대는군. 뭐가 다르지? 난 내가 한 짓에 대해서 부정한 적이 없다. 자! 레이란 양? 스스로 정당하다 생각하십니까?"

타마라스가 마이크를 주는 포즈를 취하면서 레이란을 비꼬았다. 레이란은 이 자리에 있기가 싫어졌다. 빨리 벗어나고 싶었다.

"이익! 얼음 날개 길드에서 조사한 자료는 각자의 우편으로 부쳐 주겠어요. 전 이만 빠지겠어요."

"제멋대로군. 뭐, 이해해 주도록 하지."

파팟!

레이란이 스크롤을 찢어 본인 소유의 체리들 후작령으로 돌아갔다. 타마라스와 알카디스는 말리지 않았다.

"계속할 텐가?"

"우습군요. 그녀가 잘못했어도 공적인 자리에서 사적인 행

동을 취한 사람이 할 말은 아닌 듯해요. 저도 우편으로 보내
드리죠."

알카디스도 레이란처럼 회의장에서 사라졌다. 레이란에게
는 실망했지만, 타마라스와는 얼굴을 맞대는 그 자체가 고통
이었다.

휘이이잉.

그녀들이 가든 말든 관심 없다는 표정의 타마라스가 홀로
남은 회의장에서 입을 열었다.

"일은?"

"실패했습니다."

회의장 한편에서 대답이 들려왔다. 실망스럽게도 원하던 대
답은 아니었다.

"데려간 인원이 3만 명이다."

"죄송합니다. 그 괴물도 괴물이고, 잔챙이들이 끝도 없이 튀
어나오는 바람에……."

타마라스도 히어로 아이템을 구하려고 노력하는 중이었다.
그는 얼마 전부터 검은 악마 길드원을 풀어서 300레벨 이상의
몬스터를 수색했다. 그러다가 아반트 공국 동쪽에 위치한 흡
혈의 숲 깊숙한 곳에서 가까스로 한 마리를 발견했다. 강함을
측정하려고 정예를 파견했건만, 그 결과는 실패로서 보고됐
다.

"알아낸 건?"

"여기 있습니다."

타마라스는 수하가 건네주는 보고서를 읽으면서 몬스터의 패턴을 숙지했다. 이 자료를 만들려고 수천 명 이상이 죽어나 갔다.

"내가 직접 가겠다. 준비해라."

"충!"

많은 피해를 입었음에도 타마라스는 개의치 않았다. 몇 명 이 죽든 죽음에 대한 보상만 해주면 언제 그랬냐는 듯 잊을 터 였다.

"슈타이너… 조금만 더 기다려라."

타마라스의 가면이 벗겨지더니 동영상 속에서 창을 휘두르 는 슈타이너를 손으로 쓰다듬었다. 준비가 끝나고 무대가 마 련되는 그 순간, 잔혹하면서도 아름다운 처형식이 개막될 것 이다.

* * *

어둠이 내려앉은 흡혈의 숲.

정적을 깨는 수만 명의 유저가 거대한 몬스터를 공격하고 있었다.

끼에에엑!

생명체의 살을 뜯고 피를 빨 수 있는 수백 개의 줄기가 살 아 있는 뱀처럼 유저들을 휘감고는 잔인하게 씹어댔다. 공포 영화의 한 장면을 보는 듯 그로테스크하기 그지없는 모습이었다.

310레벨 대식목 흡혈의 근원.

흡혈의 숲에 뿌리박고 영양분을 공급받는 식목들의 모체였다. 그 증거로 수천 마리의 식목이 대식목을 보호하려고 미쳐 날뛰었다. 잔챙이에 불과한 놈도 199레벨의 시련 등급이었고, 덩치가 크고 강한 놈들은 220~230레벨의 악몽 등급이었다.

그림자 살인 제4장 : 백 개의 그림자 검.

쓰거거걱!

끼아아아!

타마라스의 그림자 검이 생성되며 끊임없이 재생하는 줄기들을 잘라냈다. 대식목은 고막이 찢어지는 비명소리를 내질렀다.

검은 악마 길드원들은 대식목의 중심부로 들어가지 못하고 외각에서만 얼쩡거렸다. 그들의 실력으로는 들어가는 길을 뚫을 수가 없었다. 오직 타마라스만 몰아치는 줄기들을 버텼다.

"거머리 같은 새끼!"

대식목은 소름끼치도록 강했다. 310레벨이면 절망 등급 중에서는 약체에 속했다. 그런데 그 약체조차 공략불가의 수준이었다. 대식목은 유저와 NPC를 잡아먹으면서 생명력을 회복

했다. 죽이려면 회복 속도보다 훨씬 빠르게 데미지를 입혀야
했다.

"12간부!"

"예!"

"당장 모든 길드원을 소집하라!! 출혈이 크더라도 한 번에
끝낸다!"

"알겠습니다!"

타마라스의 소집명령이 길드 채팅창을 통해 퍼져 나갔다.
그리고 한 시간 만에 5만 명의 길드원을 끌어모았다. 대식목
을 잡으려고 전력을 쏟은 것이다. 물경 8만의 유저가 대식목
과 식목들을 잡으려고 눈에 불을 켰고, 드디어 성과를 드러냈
다.

끼아아아!

쿠웅!

아파트만큼이나 거대하고 육중한 대식목이 넘어가며 땅이
흔들렸다. 타마라스는 욕지거리를 내뱉으며 아이템들을 회수
했다. 채찍 종류의 히어로 한 개와 유니크 일곱 개였다. 레어
와 매직은 잔챙이들 포함 수백 개가 넘어가서 세는 것도 귀찮
았다.

"대식목 레이드에 참여한 길드원에 한해서만 이번 달 월급
을 50% 올리겠다. 유니크는 12간부가, 레어부터는 중간 간부
들에게 순서대로 나눠줘라. 매직 등은 길드 재정으로 충당하
도록."

타마라스는 대식목이 떨군 채찍을 들어 올렸다. 암살자 전용 아이템을 원했었지만, 이미 끝난 일이었다. 그래도 옵션만큼은 훌륭했다. 이만하면 3차 전직 퀘스트에 큰 도움이 될 것이다.

23장
잠재적인 적

높은 산봉우리 어느 곳.

뾰족하게 솟은 지형의 구조로 볼 때, 사람 몇 명 못 앉을 정도로 공간이 협소했다.

워낙에 가팔라서 올라가기 어려운 지형이었지만, 바하무트에게는 해당되지 않았다.

"하아… 괜히 받았나?"

화르르륵!

한숨을 내쉰 바하무트가 일정한 형체 없이 초고열의 열기를 내뿜는 붉은 구체를 꺼냈다.

이프리트가 내주는 퀘스트를 수락하고 선 보상으로 받은 레전드 등급의 아이템, 타오르는 겁화의 위엄이었다. 사기적인 옵션을 지녔지만 내심 성급했었다는 생각이 들었다.

탁탁.

바하무트는 지금 플레이 포럼에 들어가서 비슷한 퀘스트를 수행했던 유저들의 경험담을 찾아 읽고 있었다.

퀘스트 등급이야 당연히 SSS급에는 한참이나 못 미쳤다. 그럼에도 도움이 될 만한 내용이 수두룩했다. 좋은 쪽으로? 천만의 말씀, 안 좋은 쪽으로였다.

대표적으로 가장 높은 등급의 시크릿 퀘스트 하나가 유독 바하무트의 마음을 심란하게 만들었다.

〈시크릿 퀘스트? 엿이나 처먹어라! 사기꾼 개자식들아〉

첫 시작부터가 강렬한, 단순히 보기만 해도 불길함이 무럭무럭 차오르는 제목이었다.

작성자 : 천상의 하모니

씨발! 화가 치밀어서 진정이 안 된다. 일단 퀘스트 등급이랑 내용 먼저 훑고 시작하자.

[숲의 행진곡 연주 : 시크릿 등급(S)]

내용 : 숲의 요정 카밀리아는 수백 년 전까지만 해도 요정왕국

페이라인에서 열 손가락 안에 꼽혔던 유명한 음유시인이었다. 그녀는 하루하루 노래를 부르고 악기를 연주하며 요정의 음악을 인간 세상에도 알리고 싶어 했다.

그러던 어느 날.

인간 세상에 나가기로 결심을 하고서 나갔건만, 그곳은 여리고 순한 요정에게는 지옥과도 같은 곳이었다. 카밀리아는 노예 상인에게 잡혀 하루에도 수십, 수백 번씩 영혼 없는 음악을 연주해야만 했다.

모진 고초를 겪어서일까?

목소리를 잃어버린 카밀리아는 노예 상인에게 버림을 받았고, 그날부터 삶의 의욕을 상실한 채 고통뿐인 삶을 살아갔다. 부디 자신의 뒤를 이어 숲의 행진곡을 연주할 훌륭한 음유시인이 나타나기를 바라면서……

제한 : 카밀리아의 눈물을 본 자, 음유시인.
성공 : 숲의 행진곡의 완주.
실패 : 숲의 행진곡 100번 실패.

선 보상 : 숲의 행진곡, 축복받은 숲의 하프.

페널티
1. 30레벨 하락.
2. 카밀리아의 좌절 : 숲 속에서의 모든 능력치 30%하락.

3. 숲의 행진곡과 축복받은 숲의 하프 반납.

보다시피, 숲의 행진곡이란 음악을 악보대로 완주하면 되는 거다. 음유시인 패시브 스킬, 악기 마스터리 최상급 이상이면 연주는 가능하다. 나? 나는 고급 1.3%다. 그런데 왜 실패했냐고? S급이라서 어려울 줄은 알았지만, 씨발! 함정이 있다는 건 몰랐다고!

천상의 하모니는 퀘스트에 대고 욕을 싸지르고 있었다. 바하무트는 집중했다. 읽을수록 내용이 가관이었다.

쌍! 제한, 성공, 실패는 너희도 눈이 달렸으니 넘어간다. 숲의 행진곡 저거, 숲 속에서 본인의 능력치를 20% 증가시켜 주고, 파티라면 15%, 포스까지 10% 증가시켜 준다. 그뿐인 줄 아냐? 축복받은 숲의 하프도 유니크 아이템이다. 그래! 나 눈 멀었다. 눈이 멀어서 지옥을 내 스스로 걸어 들어갔어.

"포스까지 능력치를 10% 증가시켜 준다고?"

바하무트는 진심으로 감탄했다. 숲의 행진곡을 연주하는 음유시인이 있다면 전력이 순식간에 높아진다. 스킬 북과 아이템의 옵션이 유니크 최상급 수준이었다. 이쯤 되면 눈이 멀 만도 했다.

후후후후! 별거 없지? 완주 쉽잖아? 그냥 연주하면 되니까. 스킬 북도 받고, 유니크 아이템도 받고, 옵션도 아주 죽여준다.

죽여주기는 개씨발 놈들아! 저주받을 세상아! 연주하면서 카밀리아 쌍년이 왜 날 공격하는데? 응? 왜 공격 하냐고? 그런 거 퀘스트에 쓰여 있지도 않았잖아? 아니, 연주를 어떻게 하라는 거야?

그 쌍년이 연주 방해하면서 뭐라는지 알아? 진정한 음유시인이라면 어떠한 상황에서도 연주를 해야 된단다. 하하하하! 씨발! 장난 하냐고! 그년 레벨이 250이야! 난 199고! 물론, 전력을 다해 공격하지는 않았어.

그러나 음유시인이라면 알걸? 제아무리 내가 악기 마스터리 고급이라도 이동연주 하면 완주 확률 확 내려가는 거? 결말이 어찌 됐냐고? 씨발들아, 뭘 어찌 돼! 신나게 맞다가 페널티란 페널티 다 걸려서 캐릭터 삭제했지.

특수종족 페어리 뺏기지 않으려고 친구까지 동원해서 다시 만들었다. 너희 시크릿 퀘스트, 아이템 같은 거에 혹해서 내 꼴 되지 말고 그냥 거절해라. 퀘스트에 설명 나와 있는 걸로 끝나는 게 아니야.

우리한테는 말도 안 해주면서 뒤로 숨기는 게 있다고! 왜 안 가르쳐 줄까? 씨발! 그걸 알면 퀘스트를 받겠니? 실패할 게 뻔한데? 하아! 미안하다.

내가 좀 흥분했다. 이해해 줘라. 1레벨부터 키우려니 눈물이 앞을 가린다. 내 말 명심해라. 알겠지?

바하무트는 글을 끝까지 읽고서는 충격과 공포에 휩싸였다.

퀘스트 내용 말고도 숨겨진 내용들이 존재한단다. 문제는 그것을 가르쳐 주지 않고 퀘스트를 수락하게끔 만든다는 점이었다.

"이걸 어떻게 하지."

지금 와서 이프리트에게 따져봐야 소귀에 경 읽기였다. 물어보기는 할 테지만, 최악의 경우 어떤 상황에 부딪칠 건지를 예상해야 했다. 난관을 타계할 만한 누군가의 도움이 절실했다.

"슈타이너? 아니야. 차라리 혼자 해결하고 만다."

그는 깊게 생각하는 성격이 아니었다. 그렇다면 남은 사람은 하나였다.

"브레인님한테 물어보자."

플레이 포럼에서 알아주는 정보 분석관인 그라면 바하무트가 놓치고 있는 함정들을 파헤쳐 줄 것이다.

*　　　*　　　*

아마란스 영지로 돌아간 바하무트는 다짜고짜 브레인을 붙잡고 퀘스트와 아이템 옵션을 공유시켰다.

브레인은 갑작스런 상황에 당황하다가 눈앞에 떠오르는 내용을 확인하고는 실로 다양한 표정을 보여줬다. 기겁하면서 심각해지다가 차분해지며 무언가를 골똘히 생각했다.

"수락하신 겁니까?"

"네."

"어떻게 말해야 하나? 솔직히 축하드린다고 말씀드리기에는 꺼림칙한 게 한두 가지가 아니네요."

"의견을 듣고 싶어서 찾아왔습니다. 저도 후회하는 중이거든요."

"이런 종류의 퀘스트는 유저에게 위험도를 알려주지 않는 경우가 허다합니다. 시크릿 SSS급에 레전드 아이템이 보상이라……."

스슥.

브레인이 말끝을 흐리다 인벤토리에서 수첩을 꺼내 무언가를 적기 시작했다. 생각나는 대로 두서없이 말하기보다는 상대가 이해하기 쉽게 설명해야 할 필요성을 느껴서다. 시간이 흐름에도 바하무트는 브레인을 방해하지 않고 조용히 지켜봤다.

"성공은 이프리트의 부활, 실패는 이프리트의 소멸, 선 페널티는 얻는 경험치의 50%가 이프리트에, 제가 말한 세 가지를 제외한 나머지는 다 뒤로 제쳐 두세요."

"일반 페널티는요?"

"일반 페널티는 버리세요."

실패했을 때를 묶어서 나열해 놓은 게 페널티였다. 이리되면 실패라는 단어에만 집중하면 된다.

"경험치 50%, 혹시 이프리트의 레벨을 아시는지?"

"아니요. 봉인된이라고만 떠서 399레벨이란 것밖에 모릅니다."

"화룡왕 크라디메랄드는요?"

"그것도… 다만, 칠대용왕의 대용왕으로 불리기에 400대 후반으로 추정하고 있어요."

"이거 하나만 봐도 제대로 걸리셨네요."

이프리트의 레벨을 400대 중반으로만 쳐도 바하무트는 그가 부활하기 전까지 노예 생활을 끊임없이 지속해야 한다.

경험치의 반을 쭉쭉 빨리면서.

"기간이 없죠? 기간이 없다는 건 부활의 명확한 기준도 없음을 뜻합니다. 잘 회복되다가 힘을 잃는다면? 제자리걸음의 반복, 돌고 도는 물레방아가 되는 겁니다."

"흠!"

바하무트는 제 자신이 사냥만 하는 오토가 된다고 생각하자 끔찍함에 몸서리쳤다. 그럼에도 그의 의견에 동의했다.

브레인이 퀘스트를 받을 당시 속으로 되뇌었던 내용들을 더욱 자세하게 풀어줬기 때문이었다.

"그나마 이건 괜찮습니다. 유지만 해도 되잖아요? 레전드 아이템을 얻어서서 사냥도 쉬워질 거고, 딱히 심적으로 부담되는 건 아니니까요. 하지만……."

"실패가 문제겠죠??"

"함정입니다. 이 퀘스트가 지닌 진정한 함정."

"함정이요?"

"유저들이 이그니스와 이프리트를 죽이려면 많은 시간이

필요합니다. 이점에는 아직 신경 쓰지 않아도 됩니다. 간단하게 예를 들어보겠습니다. 크라디메랄드가 이그니스를 죽이러 온다면, 바하무트 님이 막으실 수가 있을까요?"

막아? 누구를? 크라디메랄드를? 장담하건대 손가락 하나에 죽을 것이다. 바하무트와 크라디메랄드의 차이는 말로 표현이 불가능할 정도였다.

브레인이 바하무트를 보며 그럴 줄 알았다는 듯 말했다.

"못 막죠? 소멸이란 단어만 쓰여 있을 뿐, 어떻게 소멸되는지는 안 써져 있습니다. 잠재적 적들이 누가 있는지를 하나도 가르쳐 주지 않은 겁니다. 왜? 알면 거절할 테니까."

이프리트는 반신이었다. 적이 존재한다면 비슷한 수준일 게 분명했다. 330레벨에 불과한 바하무트가 반신들을 상대로 싸워 이길 리가 없었다.

"바하무트 님은 어디까지 생각하고 계셨는지?"

"그냥 누구든 이프리트를 소멸시킬 수 있다고만… 그런데 그게 반신들이라고는 생각지도 못했습니다."

감당 가능한 적들의 범위 내에서만 생각했었다. 반신이고 뭐고 그런 것들은 논외로 쳤다.

"재수가 없으면 내일 당장 이프리트가 죽을 수도 있습니다."

"헐……."

다시 말하지만, 기준이 없었다. 바하무트는 언제 터질지 모르는 시한폭탄을 끌어안고 있는 꼴이었다.

"아이템 옵션에 경험치를 소모하면 봉인된 불의 성지로 텔레포트가 가능하다고 써져 있네요? 한번 갔다 오심이 어떠십니까? 이미 수락했기에 거짓말을 하진 않으리라 생각됩니다."

"어떤 질문을 하면 좋겠습니까??"

"한 가지, 한 가지만 알면 됩니다."

브레인은 다시금 자신의 수첩에 바하무트에 이프리트에게 해야 할 질문을 적었다. 일종의 습관적 메모였다.

"적! 바하무트 님의 퀘스트 성공에 걸림돌이 되는 위험한 적들이 누구인지, 그걸 알아내세요. 그리고 그 적들의 위치까지 파악할 수 있다면……."

"있다면?"

바하무트가 침을 삼키면서 반문했다. 그가 브레인에게 이일을 상의한 이유가 술술 나오는 중이었다.

"무슨 일이 있어도 죽이셔야 합니다. 하나둘씩 찾아서 선수를 치기 전에 먼저 죽이는 게 성공의 지름길입니다."

"지금 바로 다녀오겠습니다."

파파파팟!

말뜻을 알아들은 바하무트가 경험치를 소모해서 봉인된 불의 성지로 텔레포트했다. 머뭇거릴 시간이 없었다.

여유가 있을 때 알아내야 한다.

바하무트는 아직 포가튼 사가를 떠나고 싶지 않았다.

*   *   *

우웅.

봉인된 불의 성지에 공간이 뚫리면서 바하무트가 나타났다. 그는 발이 땅에 닿자마자 경험치의 소모량을 확인했다.

"5%? 장난 아닌데?"

적다면 적고 많다면 많은, 생각하기 나름이라지만 바하무트 한테는 쉬이 넘어가지 못할 수준이었다.

330레벨의 5%는 2차 전직 유저의 기준으로 치면 레벨 단위의 경험치였다. 심심하다고 왔다 가기에는 부담스러웠다. 꼭 필요할 때가 아니라면 자제해야겠다.

"잠시 얼굴 좀 보죠."

부글부글.

"빠르군. 어찌하여 찾아온 건가?"

용암이 치솟으며 이프리트가 형상화됐다. 바하무트가 며칠 만에 찾아올 줄은 몰랐는지, 그의 말투에 뜻밖이라는 감정이 섞였다.

"단도직입적으로 묻겠습니다. 이 퀘스트를 내어줌에 있어서 저를 속이신 게 있습니까?"

"없네."

"없다면, 어떤 질문을 해도 대답해 주시겠지요?"

"나는 분명히 말했었네. 나의 볼일은 끝났다고. 궁금한 게 있다면 물어보고 없다면 이만 돌아가서 쉬라고."

바하무트는 그랬었나하고 기억을 되짚어봤다. 무의식적으

로 지나갔기에 뚜렷하게 떠오르지가 않았다. 습관이란 게 이래서 무서웠다.

스스로 행했거나 행해졌거나 했음에도 구름처럼 두루뭉술했다. 퀘스트를 수년간 반복적으로 수락하다 보니 중요 포인트를 무시했다. 이리되면 지금이라도 물어보는 수밖에 없었다.

"제가 얻는 힘의 반을 얼마 동안이나 나눠드려야 합니까?"

"그건 잘 모르겠네."

"왜죠? 제가 성장해서 이프리트 님과 같은 반신의 반열에 오른다면 끝나지 않겠습니까?"

"아무런 방해가 없다면 그렇겠지."

이프리트의 답변은 곧이곧대로 듣기보다 생각하기에 따라 달라지는 종류였다. 바하무트는 방해가 있을지도 모른다는 표현으로 해석했다.

"혹시 당신을 노릴 만한 적이 있습니까?"

"적이라? 자네가 말하는 적이라는 용어의 뜻이 원한 관계에 따른다면 깨끗하다고 말하겠네만…."

"네만?"

이프리트는 한 가지가 마음에 걸렸다. 말한 대로 원한을 지며 살아가지는 않았다. 그러나 살아가다 보면 원한이 없음에도 필요에 의해서 남의 것에 손을 대는 일이 빈번하게 일어났다.

"자네는 중간계에 불을 다루는 반신이 몇이나 존재하는지 아는가?"

뜬금없는 이프리트의 물음에 바하무트가 곰곰이 생각해 봤다. 반신이라면 400레벨 이상의 재앙 등급을 말하는 게 분명했다.

'크라디메랄드, 이프리트 둘인가? 아! 예전에 샌드헬 쪽에서 불로 이루어진 새를 봤다는 유저들도 있었는데… 어디 찍어볼까?

바하무트가 소문으로 듣고, 유저들이 얼핏 본 존재는 피닉스였다. 피닉스는 수백 미터 상공을 배회하기에 유저들이 발견하기 어려웠다.

그럼에도 간혹 점보다도 작은 모습이 발견되고는 했다. 워낙에 거리가 멀어 레벨도 이름도 무엇 하나 제대로 확인하지 못했지만 그만한 거리에서 보일 정도라면 그 거대함은 익히 짐작할 만했다.

"셋?"

바하무트는 그냥 찍어보자는 식으로 내뱉었다. 그로서는 손해 볼 게 없었다. 틀리면 틀리는 대로 넘어가면 그만이었다.

"셋? 어째서 그리 생각하는가?"

"화룡왕 전하와 이프리트 님, 샌드헬 쪽에 살고 있는……."

바하무트는 일부러 말을 얼버무렸다. 모호한 표현으로 상대의 심리를 파악하기 위함이었다.

"흠, 피닉스를 봤군. 좀처럼 눈에 띄는 녀석이 아닌데."

'피닉스?

바하무트가 속으로 되뇌었다. 피닉스는 현실에서 불사조라고도 불리는 전설에서나 나올 법한 신수였다. 설마하니 게임인 포가튼 사가에서 반신으로 인정받고 있을 줄이야.

"대화가 쉬워질 것 같군."

이프리트가 이야기를 시작했다.

태곳적, 불의 권능을 부여받은 수많은 존재 중에서 오직 넷만이 반신의 반열에 올라섰다. 하나는 정령계, 하나는 마계, 둘은 중간계에 각자 다른 세상에 자리 잡은 그들은 어디서든 신으로 추앙됐다.

"자네가 아는 대로 나는 정령계 반신, 크라디메랄드와 피닉스는 중간계의 반신이네."

"그렇다면 다른 하나는?"

마계에 하나라고 했으니 구대군주라는 것은 확실했다. 문제는 그중에서 누구인지를 모른다는 것이었다.

포가튼 사가는 전체적인 스토리만 구성해 놓고 유저들 스스로 사건들을 해결하도록 만들었다. 이름이 밝혀진 군주는 셋에 불과했다. 여섯은 수면 아래 가라앉아 언제고 드러나기만을 기다렸다.

"화염마국을 다스리는 모든 발록의 왕이자, 지옥의 화염을 품은 겁화의 군주 플뤼톤이라네."

"플뤼톤……."

"피닉스는 샌드헬의 깊숙한 대화산에서 숨을 쉬며 살아간다네. 그곳 전체가 그의 영역이지. 그런데 크라디메랄드가 일을 벌였어."

크라디메랄드는 상상을 초월하는 마력을 소모해서 플뤼톤을 중간계로 소환했다. 이유는 자신이 최고임을 증명하기 위해서다.

목적을 이루고자 마계의 군주를 소환했다는 건 미친 짓이었지만, 그 누구도 책임을 물을 수가 없었다. 어쨌거나 그는 싸움에서 승리하여 플뤼톤을 대화산에 처박았다.

정확하게 말하면 처박은 것은 아니었다. 플뤼톤은 크라디메랄드의 마지막 일격에 대화산 근처로 떨어졌다. 극심한 상처를 입었기에 회복의 필요성을 느끼고서 스스로 걸어 들어갔다. 대화산은 피닉스의 둥지였다. 당연히도 피닉스와 플뤼톤 간에 묘한 신경전이 벌여졌다.

건재한 상태였다면 만신창이의 플뤼톤을 몰아냈을 텐데, 하필이면 그 당시 피닉스는 전투를 지룬 직후라서 넋 놓고 둥지를 놓고 빼앗겼다.

"여기까지가 내가 해줄 수 있는 이야기의 전부라네. 나도 봉인된 상태에서 말로만 들었기에 자세한 상황에 대해서는 알 수가 없어."

"그럼 적이라는 게?"

"겹화의 군주 플뤼톤, 그자일세. 나의 위치를 알리는 없겠지만, 만약에라도 알게 된다면 앞뒤 제쳐 놓고 대화산을 뛰쳐나올 테지. 이그니스는 물론이고 힘을 잃어버린 나로서는 그를 감당하지 못하네. 흠, 어쩌면 피닉스가 먼저 당할 수도 있겠군.

바하무트는 이프리트와의 대화에서 의아한 점을 물어봤다.

이프리트와 플뤼톤은 똑같이 크라디메랄드와 싸웠다. 그렇다면 상처의 심각한 정도도 비슷해야 했다.

왜 이프리트가 더 약해진 걸까?

"나는 완벽했던 크라디메랄드와 싸워서 그 여파를 고스란히 감당했네. 반대로 플뤼톤은 아니었지."

"이해했습니다."

크라디메랄드는 이프리트와 싸워 약해진 상태로 플뤼톤과 재차 싸웠고, 이프리트 만큼의 상처를 주지 못한 것이다.

"그 외에는 없습니까?"

"더는 없네. 내가 위험하다면 그일 가능성이 크네. 약해졌어도 나는 불의 정령왕, 어쭙잖은 이들에게 죽을 이가 아니라네. 오히려 내 적보다는 자네의 적을 걱정하고 신경 쓰는 게 어떻겠나?"

"나의 적?"

바하무트가 뚱한 표정을 내지었다. 지금까지 이프리트의 기준에서만 생각했고 그 자신의 기준에서는 생각해 본 적이 없었다.

"불의 신전은 나의 영역이라 굳이 겹화의 길을 벗어나지 않아도 보고 듣고 느낄 수가 있다네. 자네와 이그니스의 싸움도 봤고, 자네를 노렸던 페어리와 드워프도 봤다네. 그들은 어떤가? 안심할 수 있는가? 내가 보기에는 충분한 위협거리 같은데?"

"허… 그러네."

이프리트의 존재를 아는 자는 바하무트가 유일했다. 그렇다면 이그니스의 존재를 아는 자는?

레이란과 니쿠룸을 제외해도 쿠라이와 스라웬이 있었다. 절망 등급의 몬스터는 히어로 아이템을 떨군다.

넷은 공통적으로 히어로 아이템을 원했다. 퀘스트에 관해 알든 모르든, 불의 신전을 찾아 이그니스를 공략하리라는 게 눈에 빤히 보였다.

당장은 불가능해도 3차 전직을 한다면 머지않아 이그니스는 뚫린다. 이프리트는 시간이 걸리겠지만, 일단 뚫리기 시작하면 그마저도 시간문제였다.

바하무트는 유저들이 이프리트와 그의 공통된 적이라고 생각했다. 그런데 깊게 파고들자 그 혼자만의 적이 됐다. 브레인이었다면 작은 틈도 놓치지 않고 철저하게 계획을 짰을 테지만, 아쉽게도 바하무트는 둘을 생각하면 하나를 까먹는 평범한 머리였다.

'3차 전직 퀘스트, 어려워도 세력을 지녔다면 어떻게든 해결한다.'

피해가 막대하겠지만, 대륙십강의 게임 센스는 개개인이 바하무트에 필적했다. 운이 좋아 3차 전직을 선점했을 뿐, 뒤따라올 것이다.

"편법이 있긴 하네만……."

"편법? 어떤 방법입니까?"

이그니스만으로는 불안했다. 편법이나 정공법이나 방법만 있다면 뭐라도 써먹어야 했다.

"이그니스의 숫자를 늘리는 거라네. 두 마리까지는 가능하네. 하나, 그리되면 자네가 짊어질 부담감이 몇 배로 커지겠지.

"반에서 더 나눠 드려야 합니까?"

"그럴 수도 있고, 아닐 수도 있고, 선택은 자유라네."

그게 그거였다. 전자라면 바하무트의 레벨업은 사실상 멈춘 것과 같게 된다. 후자라면 이프리트의 부활이 더욱 멀어진다. 결국, 무엇을 선택해도 시간 싸움에 불과했다.

"나에게 왜 이런 시련이."

"어쩌겠는가?"

이프리트의 물음에 바하무트가 될 대로 되란 식으로 내뱉었다. 어차피 퀘스트를 받았고, 노예가 된 상황이었다. 몇 마리가 되든 거기서 거기였다. 이왕 이렇게 됐다면 안전하게라도 만들어야겠다.

"이그니스의 숫자를 늘리겠습니다. 둘로 하죠. 그럼 셋이 되는 건가요?"

"그리된다네. 후회하지 않겠나?"

"네."

"다음 선택은?"

"전자로 하겠습니다."

경험치를 더 나눠줬다간 할아버지가 되고서야 399레벨에 오를 것이다. 일단은 이 상태를 유지하려 함이었다.

"알겠네. 이그니스를 만들려면 며칠의 시간이 걸리니, 차후 계약이 갱신될 걸세."

"부활을 앞당기는 방법은 없습니까?"

"화기를 머금은 물건이나 영단 등으로도 앞당길 수 있네."

"그럼 이런 게 몇 개나 있으면 될까요?"

바하무트가 손가락에 끼고 있는 작열의 분노를 보여줬다. 오크로드를 잡고 공적 보상으로 얻은 유니크 아이템이었다.

"그 정도의 화기라면 만 개 이상이 필요하겠군."

바하무트는 그냥 마음을 비우기로 했다. 물어보면 물어볼수록 절망의 구렁텅이로 빨려 들어갔다.

"피닉스나 플뤼톤의 힘이 있다면 내일이라도 부활이 가능하니, 부디 최선을 다해주시게나."

'열심히 레벨업해서 잡아 오라는 거야, 뭐야.'

반신이라도 NPC였다.

정해진 인공지능에 의해 움직이니 고깝게 들림에도 그러려니 했다.

슥.

바하무트가 인벤토리에서 텔레포트 스크롤을 꺼냈다. 볼일 다 봤으니, 돌아가려는 것이었다.

"아! 요즘 말일세, 신전의 경계가 외부와 연결되면서 신의 축복을 받은 자들이 밀려들어 오더군. 그들 중에는 자네를 노렸던 드워프도 있었다네. 혹시 도움이 될까하고 말해주는 거네."

"니쿠룸⋯⋯."

슈타이너에게 죽어 레벨이 다운됐기에 열심히 사냥을 하나 보다. 바하무트는 갑작스레 기분이 불쾌해졌다.

그러다가 허리춤에 손을 올리고는 고민에 빠져들었고 약간의 갈등 후에 결정을 내렸다.

"먼저 건드렸잖아?"

바하무트는 텔레포트 스크롤을 찢으려다가 의미심장하게 미소 지으며 도로 집어넣었다.

남에게 시비를 걸지 않는다. 그렇다고 걸어오는 시비를 피하지도 않는다. 니쿠룸은 레이란과 관계가 없는 척하면서도 은근슬쩍 이그니스를 탐냈다. 스틸도 엄연한 죄였다.

"후끈후끈하게 해주마."

뒤쪽에서 활활 타오르는 겁화의 길이 그를 반겨줬다. 레이란의 영지인 체리들 후작령은 거리에 멀었기에 어쩔 수 없지만, 이곳 칼튼 자작령은 달랐다. 오래간만에 불놀이 좀 벌여봐야겠다.

24장
폭룡의 분노

겁화의 길을 되돌아온 바하무트는 칼튼 자작령으로 가기 전
에 봉인된 불의 성소 내부를 샅샅이 훑어봤다.

철저하게 이그니스가 출몰하는 경계선을 중심으로 움직였
다. 던전의 규모가 워낙 방대했기에 혼자서 독식하려는 건 욕
심에 불과했다.

시련이나 악몽 등급의 던전만 해도 간간이 숨겨진 보물들이
존재한다. 유저들이 발견하기 어렵거나 발견하기는 쉬워도 강
력한 파수꾼이 지키기에 얻으려면 고생깨나 해야 했다.

불의 신전은 절망 등급의 던전이었다. 메인 보상은 바하무
트가 얻었지만, 서브 보상 등은 많이 남아 있을 터였다. 예상은
맞아떨어졌다. 봉인된 불의 성소에 마련된 작은 방이나 강당

에는 포션, 스크롤, 장비 등의 아이템이 즐비했다. 양이 상당해서 입이 벌어졌다.

가치로 환산한다면 방 하나당 수백에서 수천 골드까지 다양했다. 길드 단위의 대규모 레이드로 던전을 차지했다면 개인에게 떨어지는 이득이 적었을 것이다.

그러나 바하무트는 혼자였다. 누구와도 나눌 필요 없이, 모든 게 그의 소유권이었다.

"독식하는 건 오랜만이네."

바하무트는 1차 전직 이전부터 슈타이너와 함께였다. 1골드라도 생기면 공평하게 분배했다. 아깝다는 뜻이 아니었다.

그냥 독식이란 단어 자체로만 받아들이면 된다.

"어? 여긴……."

바하무트가 거대한 문으로 가로막힌 곳에 멈춰 섰다. 이곳을 제외하면 돌아볼 만한, 눈에 띄는 곳은 남김없이 돌아봤다.

띠딩!

> 수문장 화염의 이그니스의 대강당을 발견하셨습니다.

알림음이 울리면서 여기가 어딘지에 관한 궁금증을 풀어줬다. 일전에 상대했던 이그니스의 안식처로 여겨졌다.

끼익!

바하무트가 문을 열고 들어갔다. 대강당이라는 명칭에 걸맞는 넓디넓은 공간이 펼쳐졌다. 대강당 끝부분에 조각된 이그니스의 석상은 금세라도 뛰쳐나올 듯 생동감이 흘러넘쳤다.

석상 아래로 화려한 모양을 자랑하는 상자 한 개가 놓여 있었다. 불의 신전에서 얻을 수 있는 두 번째로 높은 보상이란 생각이 무럭무럭 솟구쳤다.

덜컹!

바하무트가 상자를 열어젖혔다. 황홀하게 빛나는 금은보화와 사이사이 튀어나온 장비 종류의 아이템들이 시야를 어지럽혔다.

촤르르륵!

인벤토리로 빨려 들어가는 소리와 동시에 그가 획득한 아이템의 이름이 떠올랐다.

"이만하면 대박이지."

내심 히어로를 기대했었다. 그런데 유니크 두 개와 레어 일곱 개, 이런저런 물품이 전부였다. 실망하지는 않았다. 던전 하나 클리어한 것치고는 분에 넘쳤기 때문이었다.

"더는 없네."

바하무트는 보물찾기를 관두고는 봉인된 불의 성지에서 벗어났다. 드문드문 보이는 샐라스트가 그를 발견하고도 모른 척했다. 이그니스는 어디에도 안 보였다. 숨어 있는 건지, 숨어 있는 척을 하는 건지는 모르겠다. 신경 쓸 일은 아니기에 그러려니 하고 넘어갔다.

펄럭!

한 쌍의 붉은 날개가 펴지면서 바하무트를 허공으로 띄워

올렸다. 방해 없는 상태에서 날아간다면 입구까지는 금방이었다.

콰콰콰쾅!

한참을 날아가던 바하무트의 귓전으로 폭발음이 들려왔다. 유저들이 불의 정령들과 싸우면서 생기는 소리였다. 관심을 거뒀다. 지겹도록 봐왔던 사냥 모습은 별다른 감흥을 주지 못했다.

"황금망치단! 1열전진!"

"1열전진!"

쿵쿵!

멈칫!

바하무트는 황금망치단이라는 단어에 비행을 멈추고는 소리가 들린 쪽을 쳐다봤다. 그곳에는 1,000명의 유저가 샐래맨더들과 대치 중이었다. 199레벨에 오른 유저들답게 무리 없이 전투를 진행했다. 실력도 팀워크도 뛰어났다. 과연 황금망치 길드의 정예다웠다.

"황금망치단이라? 니쿠룸은 없나?"

우웅!

용투기를 전개해서 용마안을 활성화시켰다. 시야가 망원경으로 보는 것처럼 확대됐다. 여기저기 뒤섞인 황금망치단 사이에서 니쿠룸을 찾으려고 노력했다.

없었다. 아이언 킹에 탑승했다면 보였을 텐데, 순수 황금망치단으로만 구성된 듯 보였다.

"어디 보자."

바하무트가 하강하며 황금망치단의 전투 대형을 유심히 살펴봤다. 정령들이 뚫기에는 어려울 정도로 단단했다.

스윽.

팅!

컬렉션 아공간에서 인비저블 보우를 꺼낸 바하무트가 시위를 살짝 퉁겼다. 화살은 있어도 그만, 없어도 그만이었다.

당기면 당기는 대로 무형의 화살이 저절로 매어진다.

끼이이익!

바하무트가 활시위를 당겼다. 유니크 등급 활의 공격력과 그의 능력치가 적용되면 평타라도 무시 못 할 데미지를 만들어낸다.

"그래도 혹시 모르니까."

지이이잉!

당겨진 상태에서 용투기가 주입되며 무형의 화살이 붉게 변했다. 장담컨대, 199레벨이라면 맞는 즉시 강제 로그아웃이었다.

파앙!

붉은 화살이 대기를 관통하며 황금망치단을 향해 쇄도했다. 바하무트는 조준이라든가 정밀 사격의 궁술 스킬을 배운 적이 없었다. 안 맞을 가능성이 큼에도 과감히 쏴버린 건, 황금망치단의 숫자를 믿고 벌인 만용이었다. 1,000명 중에서 한 명은 맞지 않겠는가?

퍼어어엉!

"끄아아악!"

"뭐, 뭐야?"

"어떻게 된 거야?"

황금망치단의 대열을 유지하던 유저 한 명이 비명을 내지르며 땅바닥에 내리꽂혔다. 화살의 관통력에 밀린 것이다. 그의 가슴에는 사람 머리만 한 구멍이 뚫려 있었다. 시뻘건 속살 속에서 피가 줄줄 새어 나왔다. 당황한 동료들이 주변을 둘러보며 말을 더듬었다.

피잉! 피잉!

화살은 계속해서 떨어졌다. 그에 따라 황금망치단도 하나둘씩 죽어나갔다. 수십 명이 죽었을 때쯤, 그들 중 한 명이 허공에 떠 있는 바하무트를 발견하고서 소리쳤다.

"위쪽이다!"

"누, 누구냐!"

"황금망치 길드를 건드리고도 무사할 줄 아느냐!"

"그러는 너희는 나 건들고 무사할 줄 알았냐?"

바하무트는 의미심장한 한마디를 해주고는 대놓고 활을 쐈다. 어차피 걸렸으니 꺼릴 게 없었다.

"그만둬라!"

슈우우웅!

우렁찬 외침이 들리면서 열 명의 유저가 바하무트를 둘러쌌다. 용족과 페어리족으로 구성된 황금망치 길드의 비행부대였다. 그 모습을 보던 바하무트가 인비저블 보우를 도로 집어넣었다. 장난은 이만하면 됐다. 본격적으로 난동 부릴 때가 다가왔다.

"은신의 망토를 벗어라."

"벗겨줘."

"쳐라!"

퍼퍼퍼펑!

원소 마법들이 바하무트와 닿으면서 폭발을 일으켰다. 그는 저항하지 않고 마법을 고스란히 맞아줬다.

"아프지도 않네."

폭격을 견뎌낸 바하무트가 새삼스러울 것도 없다는 듯 되뇌었다.

황금망치단은 깜짝 놀랐다. 상대는 올 레어로 도배한 199레벨 유저들의 공격을 쉽게 버텨냈다. 동 레벨의 유저라면 불가능한 일이었다.

"혀, 현신하자!"

"현신!"

세 명의 용족 유저가 본체로 현신했다. 풍속성의 그린 나가와 뇌속성, 암속성의 드라코닉 둘이었다. 드라코닉은 드래고니언의 아류로 불린다.

전체적인 체형은 드래고니언과 비슷했다. 다른 점이라면 드래고니언은 용과 인간을 섞어놓은 모습이지만, 드라코닉은 용의 특징을 고스란히 타고난다.

"죽어라! 놈!"

후우우웅!

파공성이 일며 바하무트의 왼쪽과 오른쪽에서 블루, 다크 드라코닉 유저가 휘두른 대검과 도끼가 다가왔다.

쩌엉!

바하무트는 검지와 엄지를 이용해서 대검과 도끼를 집었다. 용족 유저들은 재차 공격하려고 무기를 빼려했다.

"억! 무기가 안 빠져!"

"끄윽!"

199레벨이라 봐야 1차 전직이었다. 바하무트가 인간 상태라도 서로 간의 능력치 차이는 좁혀지지 않는다.

"이놈! 양손이 잡혀 있구나!"

그런 나가 유저가 길고 두터운 환두대도를 내려 베었다. 목적지는 바하무트의 어깨였다. 그대로 둔다면 팔이 잘려 버릴 것만 같았다.

폭화 언령술 : 이 조합 스킬.

불타오를 첨(沾), 번질 람(濫).

첨람(沾濫) : 불타 번져라.

화르르륵!

바하무트의 몸이 타오르며 사방으로 불의 파도를 밀어냈다. 염열지옥은 낭비였다. 첨람만으로도 충분했다.

"으아아악!"

"커어어억!"

비행부대 소속 열 명의 유저가 순식간에 녹아내렸다. 용족 유저들은 두 배로 증가한 능력이 무의미하게 돼버렸다.

휘이이잉!

재로 변한 비행부대의 잔재가 바람에 흩날렸다. 황금망치단은 믿지 못할 현상에 눈을 비벼댔다. 저들 열 명이면 자신들 수십 명에 필적했다.

"마, 맙소사!"

황금망치단을 이끄는 간부 유저가 속으로 느끼는 심정을 말로 표현했다. 참으로 적절한 표현이었다.

"너희에게 원한은 없어. 다 못난 니쿠룸을 탓해. 그 녀석이 원인이야."

폭화 언령술 : 삼 조합 스킬.

터질 폭(爆), 뜨거울 염(炎), 바람 풍(風).

폭염풍(爆炎風) : 폭발하는 뜨거운 바람.

용권풍이 휘몰아쳤다. 갑작스레 생겨났기에 황금망치단이 당황하며 우왕좌왕했다.

"먼저 죽었다고 억울해하지는 마. 칼튼 자작령에 있는 모든 황금망치 길드원을 길동무 삼아줄게."

바하무트가 용권풍 속으로 들어갔다.

그리하여 폭룡의 분노라고 명명될 바하무트의 작은 난동이 본격적으로 불붙었다.

*   *   *

황금망치 길드의 본진, 골든로우 후작령.

니쿠룸은 몇 시간 전 불의 신전에서의 사냥을 끝마치고 휴식을 취하는 중이었다. 며칠째 사냥을 해도 296이었다. 200레벨 후반의 경험치는 정말이지 끔찍했다.

"제길! 제길!"

화가 치밀었다. 레이란과 합공을 하고서도 졌다. 수치도 이런 수치가 없었다. 슈타이너가 했던 말이 머릿속에서 떠나지 않고 맴돌았다.

'격차를 알려주마.'

그는 격차를 알려준다고 했고, 말과 행동을 일치시켰다. 동레벨이라면 바하무트와도 싸워볼 만하겠다는 자신감이 여지없이 무너졌다.

"격차! 격차라고! 슈타이너 이놈!"

니쿠룸과 레이란은 296이 돼서 랭킹이 8, 9위로 떨어졌다. 덕분에 알카디스와 스라웬이 6, 7위를 차지했다.

겨우겨우 완료시킨 두 개의 3차 전직 퀘스트도 죽으면서 무효 처리됐다. 돈과 시간을 잃고 분노까지 덤으로 얻었다. 이런 상황이라면 라이세크마저도 따라잡을 기세였다.

콰당!

"길드장!"

"자네가 급하게 뛰어올 때도 있군. 무슨 일이지?"

니쿠룸을 보좌하는 그는 침착하고 차분한 성격으로 매사에 냉철했다. 호들갑 떠는 지금과는 어울리지 않는 유저였다.

"부, 불의 신전으로 들어간 황금망치단이 전멸했습니다!"

"황금망치단이? 자세하게 말하라!"

"길드장의 다음 순번으로 들어간 황금망치단이 정체불명의 유저에게 전멸했습니다. 자세한 건 동영상으로 확인을!"

니쿠룸은 보좌관이 공유해 주는 동영상을 틀었다. 황금망치단이 죽어가며 촬영한 것이었다.

콰콰콰쾅!

불이 번지며 반경 내의 모든 것을 잿더미로 만들었다. 포션도 스크롤도 소용없었다.

일격이면 어떤 유저든 타 죽었다. 불의 폭풍이 휘몰아치고 불의 파도가 밀려들었으며, 불의 꽃이 피어올라 폭발했다. 동영상을 보던 니쿠룸이 이를 악물었다. 드디어 올 게 왔다.

"바하무트!"

"저도 짐작은 했습니다. 길드장, 이러다가 불의 신전 내부의 상인들도 몰살당할 겁니다."

니쿠룸은 머리를 굴렸다. 바하무트는 스틸의 젖값을 물으려 함이었다. 손 놓고 두고 보다가는 칼튼 자작령이 통째로 날아간다.

현재 황금망치 길드의 가장 큰 자금줄로 떠오른 불의 신전 만큼은 꼭 지켜내야 했다.

"당장 모든 길드원과 황금망치단을 소집하라! 내가 직접 가겠다!"

"알겠습니다!"

보좌관이 니쿠룸의 집무실을 벗어났다. 그의 결정이 득이 될지 독이 될지는 몰라도 지금으로썬 방법이 없었다.

최선을 다해 막는 수밖에.

*   *   *

화르르륵!

황금망치단이 떨어뜨린 것으로 추정되는 수많은 아이템이 이글거리는 불바다 속에서 드문드문 외형을 뽐내었다. 아이템의 내구도는 장착하거나 사용해야 줄어든다. 그 외에는 무한이었다. 그렇기에 불바다 속에서도 사라지지 않고 유지되는 것이었다.

"수준이 높아서 그런가? 매직은 없고 레어뿐이네."

평소라면 무시했을 텐데 레어쯤 되자 바하무트도 버려두고 가기에는 찜찜했다. 돈에 구애받지는 않는데도 한두 개도 아닌 백 단위라면 어떤 식으로든 도움이 된다.

아이템을 주운 바하무트가 불의 신전 입구의 안전지역으로 이동했다. 시간이 꽤 지났으니 니쿠룸에게도 소식이 전해졌을 터였다.

웅성웅성.

안전지역은 유저들로 넘쳐나 여전히 부산스러웠다. 황금망치 길드의 상인들도 장사에 여념이 없었다.

"텔레포트를 어디어디 저장해 뒀더라."

바하무트는 텔레포트하기 위해 저장해 둔 지역을 살펴봤다. 안전지역은 말뜻 그대로라서 유저든 몬스터든 내부에서 난동을 피우지 못한다.

마음 같아서는 상인들도 죽이고 싶었지만 저들이 바깥으로 나올 리가 없었기에 내버려 두기로 했다.

"소본 남작령에 저장을 해뒀네? 다행이군."

소본 남작령은 칼튼 자작령으로 오기 전에 거쳐 가는 영지다. 저장을 했는지 안 했는지 기억이 나지 않았는데 다행히 저장 내역에 있었다.

바하무트가 곧바로 불의 신전을 나가지 않는 이유는 간단했다. 던전에서는 국가 간의 작위 시스템이 적용되지 않는다. 무슨 짓을 해도 유저 간의 게임 시스템만 적용될 뿐이었다.

그러나 던전을 벗어나는 순간부터 작위 시스템이 적용된다. 바하무트는 루펠린의 후작이고 니쿠룸은 투스반의 후작이었다. 작위 시스템의 포인트는 누가 먼저 공격을 하는지였다.

즉, 명분을 중요시한다는 뜻이었다. 바하무트가 예상하기로 니쿠룸의 성격상 명분을 움켜쥐려 할 테니 선공을 취하지 않을 것이다. 용족과 수인족은 본체로 현신했을 때 정체를 들키지 않는 유일한 종족이었다. 바하무트도 그 점을 잘 알았기에 먼저 움직여 줄 생각이었다.

소본 남작령으로 텔레포트하시겠습니까? 텔레포트 시 스크롤 1장이 소모됩니다.

"가봅시다."

파앗!

소본 남작령으로 텔레포트한 바하무트는 인적이 드문 곳까지 이동하고서는 수백 미터 상공으로 솟구쳤다. 솟구칠수록 소도시와 내부의 건물들이 장난감 모형처럼 작아졌다.

"현신."

퍼어어엉!

타오르는 겁화의 위엄이 바하무트의 전신으로 번지면서 뜨거운 열기를 내뿜었다. 마치 불이 붙은 듯 보는 이로 하여금 괴로움을 느끼게 할 모습이건만 그는 멀쩡했다.

파앙!

수십 미터의 날개가 대기를 가르면서 나아갔다. 제트기의 엔진 부스터처럼 기다란 화염의 꼬리가 그의 뒤쪽으로 따라붙었다. 정말이지 눈 깜짝할 사이에 도착했다. 소본 남작령에서 칼튼 자작령까지의 거리를 현실의 킬로미터 단위로 환산하면 20~25킬로미터 정도였다.

걸어가도 네다섯 시간이면 충분한데, 그가 전력으로 날아감에 찰나도 걸리지 않았다.

"많이도 모였네."

바하무트가 중얼거렸다. 개미처럼 작게 보이는 황금망치 길드의 유저들이 칼튼 자작령 전체에 분포되어 있었다. 적이 어디에서 나타나든 쉽게 발견하고 대비할 수 있는 구조였다.

"글부터 올려야지."

바하무트는 플레이 포럼에 올릴 글을 작성했다. 칼튼 자작령에는 황금망치 길드를 제외하고도 불의 신전을 찾아오는 일반 유저가 넘쳐났다. 잘못했다가는 애꿎은 유저들이 전투에 휩쓸린다. 그리되면 그 원망은 고스란히 바하무트와 니쿠룸에게로 쏠릴 것이다.

니쿠룸 따위야 욕을 먹어도 상관없지만, 바하무트는 그와 똑같은 취급을 받기 싫었다.

띠딩!

공고문이 등록됐습니다.

〈두 시간 뒤, 칼튼 자작령 지도상에서 지워 버리겠습니다.〉

작성자 : 바하무트

대륙십강의 진실이란 동영상을 보신 분들이라면 저와 슈타이너, 니쿠룸, 레이란 간에 무슨 일이 벌어졌는지 잘 아실 겁니다. 모름지기 일을 벌였다면 그에 대한 책임을 져야겠죠. 말씀드립니다. 제목

그대로 두 시간 뒤, 칼튼 자작령을 지도상에서 지워 버리겠습니다. 휴식을 취하시거나 사냥을 하시는 유저 분들이 계시다면 전투에 휩쓸리지 않게끔 피해주시길 부탁드립니다. 불가피하게 전투에 휩쓸려서 죽거나 아이템을 떨어뜨린, 그밖에도 여러 피해를 입으신 분들은 저에게 해당 스크린 샷을 찍어 아마란스 영지로 오신다면, 피해+@로 보상해 드리겠습니다.

띠딩!

띠딩!

올린 지 몇 분 만에 댓글이 폭주했다. 대부분이 좋지 않은 의미였다.

바하무트는 자신의 일방적인 통보였기에 어쩔 수 없다고 생각했다.

저리 투덜대도 죽기 싫으면 알아서 도망친다. 영지의 특성과 불의 신전의 존재를 생각하면 유저들의 유입이 끊길 리가 없었다. 기다려도 비워지지 않는다면 비워지게 만들어야 했다.

"경고부터 해주고."

크허허허허헝!

용투기를 머금은 바하무트의 용마후가 터지면서 칼튼 자작령을 후려쳤다. 공고문의 내용이 사실임을 알려주기 위해서였다.

소리를 들었음일까?

황금망치단과 유저들이 상공을 쳐다보며 우왕좌왕해하는 모습이 시야에 포착됐다.

그중에는 니쿠룸도 포함되어 있었다.

파파파팟!

텔레포트의 트레이드마크, 번쩍이는 빛이 연달아 발생했다. 유저들이 영지를 빠져나가면서 생기는 현상이었다.

"한 시간 남았다."

바하무트는 시간을 정확하게 체크했다.

슈타이너의 도움을 받으면 편하겠지만, 오늘은 안 된다. 동생의 생일이라면서 하루 동안 접속하지 못한다고 했다.

"두 시간이 지났다."

후우우웁!

바하무트가 숨을 들이마시면서 대기 중에 떠다니는 마력을 흡수했다. 그의 정면에 자그마한 붉은 구슬이 생성되며 주변의 기온을 끌어 올렸다.

용의 숨결이라 불리는 브레스였다.

"첫 공격부터 폭화 언령술을 쓰기에는 과부하가 무섭거든."

브레스 등의 패시브 스킬은 용투력만 무한정하다면 과부하 걱정 없이 무한정 사용이 가능하다. 위력은 사 조합 스킬과 비슷하며 선공을 취하거나 적의 틈을 노리기에 제격이었다.

"목표는……."

콰콰콰콰!

바하무트가 브레스의 제어를 풀었다. 대기를 꿰뚫은 붉은색의 레이저가 칼튼 자작령을 향해 무시무시한 속도로 떨어져 내렸다.

목표는 아이언 킹에 탑승한 니쿠룸이었다.

*　　　*　　　*

"브, 브레스다!

"으헉!"

"당장 영지의 방어 결계를 작동시키고 마도사들은 마력이 끊어지지 않게끔 유지하라!"

니쿠룸이 침착하게 명령했다. 영지의 성벽에는 기본적으로 외부의 공격으로부터 내부를 보호할 방어 결계가 새겨진다. 막아낼 수 있는 총량은 영지 등급에 따라 제각각이라 기준치를 정할 수가 없었다. 확실한 것은 유저 개인이 부술 수준은 아니라는 것이었다.

'바하무트는 3차 전직 유저다. 만반의 대비를 해야 한다.'

니쿠룸은 혹시 몰라 마도사들까지 대동해서 방어 결계를 강화했다. 될 수 있으면 못 들어오게 막는 게 좋았다. 결계가 뚫려 바하무트가 침입하면 칼튼 자작령이 불바다로 변한다. 이윽고 최대치까지 모인 바하무트의 브레스가 지상으로 쇄도했다.

"온다!"

우우우웅!

결계가 작동되며 반투명한 막이 칼튼 자작령 전역을 뒤덮었다. 그리고는 다가오는 브레스와 충돌했다.

콰아아아아앙!

대폭발이 일어나며 결계의 중심부에 금이 갔고, 브레스에서 새어 나온 열기가 금을 비집고 들어왔다.

지이이잉!

마도사들이 마력을 주입했다. 금간 부분이 원래대로 복구되며 열기를 밀어냈다. 첫 공격을 막아냈음에도 기뻐하긴 일렀다. 뒤이어 후속타가 날아왔다.

바하무트의 거체가 결계의 바로 앞까지 다가왔다. 그의 두 팔이 흔들리며 무차별적인 폭격이 가해졌다.

폭화 언령술 : 사 조합 스킬.
터질 폭(爆), 일천 천(千), 번쩍일 섬(閃), 빛 광(光).
폭천섬광(爆千閃光) : 폭발하는 천 번의 섬광.

콰콰콰콰콰콰!

반투명한 결계가 깜빡 깜빡거렸다. 깨질 듯 말 듯 위태위태했다. 니쿠룸은 말도 안 되는 공격력에 기겁했다.

"퍼부어라!"

퍼퍼퍼펑!

성벽의 공성 병기와 황금망치 길드원의 공격 스킬들이 바하무트의 육체에 부딪혔다.

"큭!

공격 하나는 개미 눈물보다도 적게 달았지만, 수천 개의 공격이 한꺼번에 틀어박히자 만만치가 않았다.

우웅!

바하무트가 용투기를 전개했다.

붉은 막이 생성되며 외부의 공격에서 그를 보호했다. 용투기가 빠른 속도로 줄어들었다. 일인군단의 강함을 보유했어도, 손바닥 뒤집듯 뭐든 쉽게 해결할 수는 없음이었다.

'결계만 깨면 된다. 결계만.'

공고문까지 올려놓고 실패하면 웃음거리가 된다.

브레스와 폭권천타로도 못 깼으니, 대염왕권이나 천폭화주 등의 다른 사 조합 스킬로도 불가능했다. 그렇다고 포기하기는 일렀다. 사 조합으로 안 되면 오 조합으로라도 깨주겠다.

"결계 따위! 쪼개 버리겠다!"

폭화 언령술 : 오 조합 스킬.
불꽃 염(炎), 죽일 살(殺), 땅 지(地), 옥 옥(獄), 칼 검(劍).
염살지옥검(炎殺地獄劍) : 불꽃조차 죽이는 지옥의 검.

채애애애애앵!

과거 히드라에게 사용했던 것보다도 커다란 불의 검이 칼튼 자작령의 방어 결계를 반으로 쪼개 버렸다.

"말도 안 돼!"

니쿠룸이 비명을 내질렀다. 단순하게 결계를 뚫는 정도라면 그도 할 수 있었다. 그러나 수천 명 이상의 공격을 버티면서 이리 짧은 시간 내에 뚫는다는 것은 사기였다.

쿠우우웅!

바하무트가 갈라진 틈을 억지로 벌려 결계 내부로 진입했다. 유저들은 그가 바닥을 딛고 서자 걸리버 여행기라는 소설이 떠올랐다.

"니쿠룸, 일을 벌였을 때 이렇게 될 줄도 생각했겠지?"

"네놈 혼자서 황금망치 길드를 상대하겠다고? 어림도 없는! 자만의 대가를 치르게 해주마!"

"그런 대답은 살아남고 해줬으면 한다."

폭화 언령술 : 사 조합 스킬.
뜨거울 염(炎), 더울 열(熱), 땅 지(地), 옥 옥(獄).
염열지옥(炎熱地獄) : 뜨겁고 더운 지옥.

푸화아악!

염열지옥이 반경 백 미터를 집어삼키면서 건물과 유저를 포함한 범위 내의 모든 것을 녹였다.

"크윽! 뒤로 물러서라!"

니쿠룸은 오러를 외부에 두르면서 바하무트의 염열지옥에 대항했다. 그 모습이 사뭇 안쓰럽기까지 했다.

"염열지옥 하나에 당황하면 날 어떻게 상대하려 하지? 보여

줄 게 산더미처럼 쌓였는데?'

"놈!"

쿵!

콰우우우!

아이언 킹이 지면을 박차고는 바하무트에게 달려가서 대검을 휘둘렀다. 대검의 크기로만 따진다면 산조차 가를 기세였다.

"아이언 킹은 공격력, 방어력, 생명력 빼고는 볼 게 없어."

콰앙!

왼팔을 들어 대검을 막은 바하무트가 아이언 킹을 헐뜯었다. 골렘이라서 앞서 말한 세 가지는 훌륭했다. 문제는 탑승 후의 조종이기에 유저의 기교와 현란함 등, 변칙적인 부분이 현저하게 부족했다. 눈에 뻔히 보이고 지루하기 짝이 없는 거북이를 보는 듯했다.

폭화 언령술 : 삼 조합 스킬.

불 화(火), 달 월(月), 벨 참(斬).

화월참(火月斬) : 화염의 달을 베다.

써걱!

"으악! 바하무트!"

화월참이 아이언 킹의 팔을 잘라냈다. 육중한 무게의 쇳덩이가 지면을 후려치며 땅이 파였다.

"말했잖아. 보여줄 게 산더미라고."

콰앙!

바하무트가 어깨로 아이언 킹의 가슴을 들이받았다. 충격에 밀린 아이언 킹이 건물 속에 처박혔다.

우루루루!

건물의 잔해가 처박힌 아이언 킹을 뒤덮었다. 대륙십강의 골렘 마스터가 보이기에는 굉장히 꼴사나운 모습이었다.

퍼어어엉!

"크아아악! 뭣 하느냐! 치란 말이다! 쳐! 죽여!"

"칫!"

퍼퍼퍼퍼!

바하무트가 건물 사이사이로 숨어들며 스킬 폭격을 피했다. 그 덕분에 멀쩡한 건물이 없다시피 했다.

"에어 버스터!"

콰아아앙!

"커억!"

콰당탕탕!

숨어 있던 바하무트의 등짝에 수백 명의 원소술사가 캐스팅한 에어 버스터가 작렬했다.

무방비 상태에서 당했기에 크리티컬이 뜨며 생명력이 눈에 띄게 줄어들었다. 바하무트는 용투기로 마법을 막으면서 황금 망치 길드의 전력 배치를 재빠르게 살펴봤다. 염열지옥 때문인지 멀찍이 떨어져서 가까이 붙는 것을 철저하게 경계했다.

"골든로우 영지에서 다른 부대도 대기 중일 테고."

일대다수의 전투에서 숫자가 많다고 무조건 유리한 건 아니었다. 공격할 수 있는 방향은 한정된다.

무작정 쑤셔 넣기보다 모자라면 보충하는 식으로 전력의 공백이 안 생기게끔 만드는 게 중요했다. 바하무트의 예상대로 골든로우에는 이곳의 몇 배나 되는 전력이 대기 중이었다.

"목표만 이루자. 한계가 다가온다."

과부하는 멀었지만, 생명력과 용투기가 반 이하로 떨어졌다. 물량에는 장사 없다더니, 그 말이 맞았다. 바하무트는 황금망치 길드의 사기를 꺾으려고 니쿠룸이 묻혀 있는 곳으로 이동했다. 때마침 니쿠룸은 잘린 팔을 회복하고 일어서려고 했다.

"네놈 레벨이 296이었나? 축하한다. 293이 되시겠어."

"억! 그, 그만둬!"

"마그마 헬."

부글부글!

콰콰콰쾅!

이프리트가 건재했던 시절 자주 사용했던 광열 소멸기, 마그마 헬이 펼쳐지며 반경 300미터가 용암 바다로 변했다.

"시작은 네가 했고, 끝은 내가 낸다. 언제 낼지는 모르지만 말이야."

씨익.

바하무트가 섬뜩한 미소를 지었다. 니쿠룸은 자신에게 닥쳐

온 최악의 현실에 정신이 혼미해졌다.

*　　　*　　　*

쾅아아아!

블랙홀은 숫자의 한계를 초월하는 압도적인 질량으로 주변의 모든 것을 빨아들인다. 심지어는 빛조차도 벗어나지 못한다.

마그마 헬은 흡사 블랙홀을 보는 듯했다. 다른 점이라면 순수하게 빨아들인다기보다 붉은 살결과 닿는 물질을 무(無)로 되돌렸다. 바하무트를 중심으로 생성된 용암 바다는 건물이고 유저고 간에 죄다 녹여 버렸다. 파괴 불가의 아이템만이 그 모습을 온전하게 유지했다.

쾅득!

바하무트가 아이언 킹의 목을 한 손으로 들어올렸다. 둘의 크기가 비슷했기에 지상으로부터 몇 미터가량 붕 떠버렸다. 굴욕적인 순간이었지만, 그 덕분에 마그마 헬의 영향에서 무사할 수 있었다. 당장에라도 손을 놓는다면 다리부터 녹아내릴 것이다.

"안쓰럽다. 니쿠룸."

"닥쳐! 3차 전직만 하면 네까짓 놈쯤은!"

"넌 레이란과 합공을 하고서도 슈타이너이게 졌잖아? 전직 차이라고 말하기는 부끄럽지 않아?"

"동등한 조건이 아니었어! 그 창, 녹색 독기를 뿜어대던 그 창 때문이다!"

"독사왕의 이빨 말인가? 하여간 슈타이너의 말마따나 곧 죽어도 입만 둥둥 떠다니는군."

니쿠룸은 자신의 패배를 인정하지 않고 변명만을 일삼았다. 차라리 이런 면에서는 타마라스가 멋있었다. 그놈은 온갖 저주와 악담을 퍼부으면서도 변명 따위는 하지 않았다. 이는 그릇의 차이였다. 니쿠룸의 그릇은 타마라스에게 한참이나 못 미쳤다.

"나와 슈타이너가 히어로 아이템을 어떻게 얻었을까? 길 가다 주웠을까? 아니면 누가 선물로 줬을까? 네 능력이 부족해서 못 얻을 걸 변명의 핑계거리로 삼지 마라, 추하니까."

"개자식! 황금망치 길드는 오늘부로 네놈을 적대 세력으로 간주한다! 더불어 투스반 왕국도 마찬가지다!"

"무서워서 오금이 저리는군. 엄습하는 공포에 미쳐 버리겠네."

바하무트가 니쿠룸을 조롱했다. 적대 세력으로의 간주? 그런 것쯤은 상관없었다. 레이란이 소속된 헬렌비아야 원래가 적대 국가였고, 자신과 슈타이너를 건드린 순간부터 황금망치단과 투스반도 저절로 그 범주에 포함됐다. 이제 와서 말하는 건 뒷북에 불과했다.

"루펠린을 불바다로 만들어서 네놈의 영지를 초토화시키겠다! 알거지로 만들어서 쓰레기나 주워 먹게 해주마!"

"예전에는 몰랐는데, 너 말이 왜 이리 많아? 입에 모터 달았냐? 시끄럽다. 좀 다물어라."

폭화 언령술 : 이 조합 스킬.
불 화(火), 주먹 권(拳).
화권(火拳) : 불 주먹.

쾅쾅쾅쾅!
"끄어어억!"
바하무트가 화권으로 아이언 킹의 옆구리를 연속으로 후려쳤다. 합금으로 제조한 걸 표면이 찌그러지고 녹아 볼품없이 변해 버렸다. 니쿠룸이 기겁했다. 몇 방밖에 안 맞았는데 여러 종류의 상태이상에 걸렸으며, 생명력이 반 토막 났다. 가공할 공격력이었다.

띠딩!

용투력이 ㅋㅁ%이하로 떨어졌습니다.

니쿠룸을 신나게 패던 바하무트가 들려오는 알림음에 멈칫했다. 그는 폭화 언령술을 쓸 때 마구잡이로 쓰지 않고 항상 계산하며 쓴다. 염살지옥검을 사용했다지만 평소라면 50%는 거뜬했다. 아무래도 마그마 헬이 용투력을 잡아먹은 원인으로 보였다.

"조심해서 써야겠네. 혹 가겠다."

마그마 헬은 어느새 사라지고 없었다. 용암 바다가 있었다는 흔적만이 고스란히 남아 있을 뿐이었다.

스슥.

바하무트가 황금망치 길드원들이 떨어뜨린 아이템을 주우려고 움직였다. 니쿠룸은 목이 잡힌 채 질질 끌려 다녔다. 피해를 입은 유저들이 아마란스 영지로 찾아올 것이다. 보상해줄 자금이 필요했다. 줍지 않아도 감당할 수 있지만, 공돈을 쓰기는 싫었다.

"기, 길드장님을 놔줘라!"

"공격하라! 길드장님을 구하자!"

와아아아!

"진심에서 우러나오는 충성심일까? 별로 그래 보이지는 않지만……."

바하무트는 유저들이 다가오든 말든 아이템 줍기에 열중했다. 그렇다고 아무런 대비도 하지 않은 건 아니었다.

"겁화의 기사단 소환."

화르르륵!

검과 방패를 든 100명의 기사가 소환됐다. 이글이글 타오르는 육체가 사뭇 위협적으로 느껴졌다.

"나에게 접근하는 놈들을 전부 죽여라."

파파파팟!

겁화의 기사들이 사방으로 흩어졌다.

개개인이 199레벨 시런 등급 몬스터에 필적했다. 또한 마력을 계속해서 공급해 주면 죽어도 불사신처럼 되살아난다. 숨통을 끊으려면 바하무트를 죽이는 수밖에 없었다.

"이, 이것들 뭐야!"

"죽지를 않아!"

채채채챙!

용투력이 2ㅁ%이하로 떨어졌습니다.

"오래는 못 버티겠네."

숫자가 적었기에 수천 명의 유저를 막기에는 버거웠다. 용투력도 점점 바닥을 향했다.

"다 주웠다. 허리가 아프군."

"크윽!"

바하무트의 행동 하나하나가 니쿠룸의 폐부를 후볐다. 너무나도 분해서 피가 거꾸로 솟을 지경이었다.

"볼일도 끝났으니, 약속을 지켜야지. 293 만들어줄게. 잘 가라."

"억! 안 돼! 제발!"

"마음에도 없는 소리 해대긴, 너도 원하잖아? 외쳐, 293!"

바하무트는 니쿠룸의 말을 자기 식대로 해석하고는 아이언 킹을 꼭 끌어안았다.

"롤러코스터 태워주마. 저승으로 가는 특급 열차다."

폭화 언령술 : 사 조합 스킬.

터질 폭(爆), 흐를 류(流), 붙잡을 나(拏), 바람개비 환(統).

폭류나환(爆流拏統) : 폭발의 흐름 속에 붙잡힌 바람개비.

후우우웅!

니쿠룸은 아이언 킹을 박살 내는 정도로는 죽지 않는다. 아이언 킹은 골렘일 뿐, 그의 생명과는 직접적으로 연관이 없다.

죽이려면 둘 다 한꺼번에 없애야 한다.

콰콰콰콰!

폭류나환의 원심력이 둘을 상공으로 날려 버렸다. 아이언 킹은 녹아 내린지 오래였고, 머지않아 니쿠룸도 운명을 같이했다.

황금망치 길드장 니쿠룸 님께서 사망하셨습니다.

"헉! 길드장이!"

"맙소사!"

황금망치 길드가 혼란스러워했다. 바하무트는 그러거나 말거나 마지막 공격을 준비했다.

폭화 언령술 : 오 조합 스킬.

터질 폭(爆), 불꽃 화(火), 멸망할 멸(滅), 넋 혼(魂), 구슬 주(珠).

폭화멸혼주(爆火滅魂珠) : 영혼조차 멸하는 폭염의 구슬.

쿠우우우!

폭염의 원천이 태양처럼 떠오르며 대기를 연소시켰다. 용투기를 주입하자 색이 짙어지며 피보다도 진해졌다.

곧이어 폭화멸혼주가 칼튼 자작령에 직격했다.

공격력에서 만큼은 바하무트의 스킬 중에서 단연 최고였다. 살상 반경의 내부가 잿더미로 화해 먼지로 흩날렸다. 버섯구름이 피어오르며 후폭풍이 남은 부분을 휩쓸었다.

"정신이 번쩍 들 거다, 이놈아."

바하무트가 초토화된 칼튼 자작령을 보며 흐뭇해했다. 생각 같아서는 레이란도 똑같이 해주고 싶었지만, 제국과는 거리가 상당했다. 투스반 왕국도 겁화의 위엄에 텔레포트 옵션이 없었다면 오지 않았을 것이다. 만날 기회는 쌔고 쌨으니, 아쉬워할 필요는 없었다.

"재밌었다. 다음에 오면 또 난장판 피워야지."

니쿠룸은 자신을 적대 세력으로 간주한다고 말했다. 양심적으로 꺼릴 게 없어 내키는 대로 저질러도 된다.

그렇다고 시도 때도 없이 찾아올 수는 없었다.

장군 퀘스트도 준비해야 하고, 슈타이너의 3차 전직도 도와줘야 했다. 그에게 할애하기에는 시간이 아까웠다.

파팟!

볼일을 끝낸 바하무트가 아마란스 영지로 돌아갔다. 뒷수습은 황금망치 길드의 몫이었다.

* * *

"하하하하!!"

슈타이너가 배를 잡고 뒹굴었다. 브레인도 동영상을 보면서 연신 탄성을 내질렀다.

"와! 용족 사기다."

수천의 유저가 지키는 자작령이 통째로 날아갔다. 브레인의 상식 수준에서는 불가능한 일이었다.

"니쿠룸 녀석, 분해서 잠이나 제대로 자려나? 나한테 죽어서 296되고 형한테 또 죽어서 293됐네? 이러다가 약골 라이세크에게도 따라잡히는 거 아니야?"

반쯤은 진담이고, 반쯤은 농담이었다. 라이세크는 게임을 몇 개월 늦게 시작했다. 초보 시절의 몇 개월이면 그 격차를 좁히기가 어려웠다.

그나마 대륙십강이 3차 전직의 벽에 막혀서 정체됐기에 점점 좁혀 나가는 중이었다. 바하무트가 불의 신전을 찾아가기 전 라이세크와 연락했을 때 겨우 270레벨을 넘겼었다.

3차 전직과 비교하면 조족지혈이지만, 200레벨 후반에 들어서면 레벨업에 필요한 경험치가 급격하게 많아진다. 라이세크가 299레벨이 돼서 3차 전직을 치르려면 앞으로 서너 달은 더 지나야 했다. 전직에 관한 도움을 요청하면 도와주려 함이었다.

"그나저나, 레이란은 어쩌실 거예요? 패씸한 걸로 치면 그쪽이 더 짜증나잖아요. 저랑 가서 체리들 후작령 박살 내실래요?

슈타이너는 레이란의 상판대기에 창을 꽂아놓고 독주사를 놔주고 싶었다. 생각하면 할수록 재수가 없었다.

"나중에, 일단은 장군 퀘스트부터 봐야겠다. 그거 끝내면 너 3차 전직하러 가자. 지금이라면 아쿠락트도 상대한다."

"장군 시험!"

"장군 시험이 뭔가요?"

브레인이 장군 시험이란 말에 호기심을 드러냈다. 정보 분석관인 그로서도 들어본 적이 없는 단어였다.

"용족의 계급 퀘스트로, 인간족의 작위 퀘스트와 비슷하다고 보시면 됩니다. 개념이 좀 다르지만 굳이 말하라면 용족의 작위쯤으로 표현할 수 있겠네요."

"허! 장군이면 어느 정도의 위치인가요?"

"인간족의 공후작과 비슷합니다."

바하무트는 계급에 대해 차근차근 설명해 줬다. 브레인은 머리가 좋아서인지 금세 이해했다.

"그럼 2차 전직을 해야만 백팔전룡 퀘스트 자격이 생긴다는?"

"그렇습니다. 199레벨에게는 시험 자격에 대한 말조차 해주지 않습니다. 비밀도 아니면서 아는 용족이 저와 슈타이너밖에 없지요."

"더럽게 어려워요. 아니다, 그냥 더러워요."

슈타이너의 불평에 바하무트도 동의했다. 전직 시험보다도 어려웠다. 고생이란 고생은 다 했었다.

"으아! 드래드누스에 가보고 싶다!"

"제가 장군이 된다면 가능합니다. 꼭 돼서 구경시켜 드리겠습니다."

장군이 되면 권한의 범위가 넓어져서 외부인을 드래드누스에 초대할 수 있었다. 브레인은 신기하겠지만, 몇 년을 봐왔던 바하무트와 슈타이너에게는 그게 그거였다.

"형, 언제 출발하려고요?"

"정하지는 않았어. 며칠 쉬고 들러야지".

"갈 때 불러주세요. 저 숙련도 올리고 있을게요."

"응."

"바하무트 님, 저는 내일 들어올게요!"

대화가 줄어들며 슈타이너가 본인의 영지로 돌아갔다. 브레인도 피곤한지 로그아웃했다.

"장군이다. 장군."

이것만 끝내면 딴 데 눈 돌리지 않고 399레벨까지 직행이었다. 실패란 존재치 않았다.

25장
화룡왕 크라디메랄드

바하무트는 며칠 동안 휴식을 취했다. 말 그대로였다. 아무 것도 하지 않고 죽은 듯이 숨만 쉬어줬다.

장군 퀘스트를 치르려면 다시금 영지를 비워야 한다. 얼마 만큼 비워야 할지는 모르겠다. 확실한 것은 하루 이틀 사이에 끝낼 수준은 아니라는 것이다. 게임 캐릭터라도 현실의 사람 이 조종하기에 멀쩡하지만은 않다. 그러므로 지친 심신을 달 래줄 필요가 있었다.

바하무트는 그레이슨에게 영지의 제반사항을 맡기고는 오 랜만에 드래드누스로 텔레포트했다.

"어째 레벨이 오를수록 올 일이 없어지네."

2차 전직 전까지는 꽤 많이 들락날락거렸었다. 사냥터도 풍부했고, 그에 따른 퀘스트도 다양했다. 그러다가 2차 전직을 기점으로 찾아가는 빈도수가 급격하게 줄어들었다. 용족에서는 이때부터를 혼자서도 살아갈 수 있다는 뜻의 독립이라고 불렀다.

3차 전직을 하고 나서 330레벨이 될 때까지 발걸음을 끊었었다. 거의 너덧 달 만에 오는 것이었다.

"이번에도 벨케루다인에게 가면 되겠지?"

자격조건이 안 되면 정보를 얻기가 어려워서 바하무트도 정확하게 말하기가 애매했다. 백팔전룡 때는 벨케루다인이 본인의 권한으로 주관했었다.

어찌 됐든 그를 찾아가면 자세한 내용을 듣게 될 테고, 하라는 대로 따르기만 하면 된다. 몇 년 전이나 지금이나 성의 모습은 한결같았다.

호감도와 폭전룡의 계급 덕분에 복잡한 절차는 안 거쳤다. 벨케루다인은 인공지능 NPC라서 끊임없이 움직인다. 성이 워낙에 넓었기에 그가 주로 가는 곳을 훑고 다녔다.

"서재에도 없고, 거처에도 없고, 지하보고에 있나?"

지하보고는 벨케루다인이 세상을 살면서 모아온 물건들로 가득 채워진 일종의 보물창고였다. 바하무트도 호감도가 맹신에 오르고서야 출입을 허락받았을 만큼 통제가 엄격했다.

매직과 레어는 희귀한 게 아니라면 취급조차 안 했다. 유저들이 침을 흘릴 유니크도 지천에 널렸다. 그 이상의 등급은 본 적이 없지만, 지하보고에는 그가 들어가지 못하는 방이 존재했다. 모르긴 몰라도 그곳이 진짜배기들을 모아놓은 경계선이라고 생각됐다.

"벨케루다인 님이 안에 계신지?"

입구로 다가간 바하무트가 경비를 서고 있던 드라코닉 병사에게 벨케루다인의 존재 여부를 물어봤다.

"폭전룡을 뵙습니다. 장군께서는 안에 계십니다. 오셨다고 전해 드릴까요?"

"전해주세요."

"잠시만 기다려 주십시오."

드라코닉 병사가 바하무트에게 양해를 구하고는 벨케루다인에게 그의 방문을 통보했다. 같은 용족이라고 해서 동등한 게 아니었다. 드라칸과 드라코닉은 하급에 속하고 드레이크와 나가 정도는 돼줘야 중급으로 쳐준다. 오직 드래곤과 드래고니언만이 정상에서 군림한다.

정상급에는 드래곤의 비율이 압도적으로 높다. 칠대용왕의 넷이 드래곤이고 둘이 드래고니언, 하나가 나가였다. 하위 종의 대부분은 장군과 백팔전룡의 자리를 차지했다.

쿠쿠쿠쿠!

"들어오거라."

지하보고의 문이 열리면서 바하무트의 머릿속으로 벨케루다인의 음성이 스며들었다.

"수고하세요."

"감사합니다."

바하무트는 드라코닉 병사들을 격려하며 지하보고 속으로 발을 들여놨고, 곧 정적에 휩싸였다.

＊　　　＊　　　＊

정갈하고 깔끔했다. 보물들은 감상하기 편하게 일정한 간격을 유지한 채 소중하게 보관됐다.

예전에는 그토록 갖고 싶었는데 3차 전직을 완료하고 레전드 아이템까지 손에 넣자, 욕심이 싹 사라졌다. 무시하는 게 아니었다. 바라보는 눈높이가 달라졌을 뿐이다.

"자주 온다더니, 얼마 만에 오는 것이더냐?"

벨케루다인이 서운한 감정을 내비쳤다. 이런 관점에서 보면 실제 생명체와 다를 바 없었다.

"시간이 흐르는지도 모를 만큼 여러 가지 일이 있었습니다."

"많이 성장했구나. 네게서 익숙하면서도 이질적인 기운이 느껴진다. 보여줄 수 있겠느냐?"

겁화의 위엄을 말하는 듯했다. 바하무트가 겁화의 위엄을 꺼내 벨케루다인에게 보여줬다. 그는 까마득한 세월을 살아온 용족답게 그 기운이 누구의 것인지를 알아챘다.

"허! 설마? 이프리트 님의 조각인가?"

"맞습니다. 불의 신전을 발견하고 그곳에서 이프리트 님과의 계약을 통해 얻었습니다."

"불의 신전… 쉽지 않을 터인데…….."

겁화의 군주 플뤼톤의 소환은 용족 내부에서도 큰 논란을 가져왔었다. 용왕들이 크라디메랄드에게 한마디씩 해댔지만, 귓등으로도 안 들었다.

일은 그가 벌여놓고 뒷수습은 애꿎은 이가 하게 생겼다. 그 것도 이제 갓 고룡이 된 바하무트가 말이다.

"어쩌겠습니까? 이미 수락했기에 되돌릴 수는 없습니다. 최 선을 다해 잘 해결해 나가려고 합니다."

바하무트는 벨케루다인과 대화를 주고받으면서 자연스레 본론으로 들어갔다. 애당초 찾아온 이유가 그거였다.

"장군이 되려고 왔습니다."

"조만간 찾아오리라 예상했다."

"벨케루다인 님께서 주관하시는 겁니까?"

"그건 아니다. 나는 자격 조건을 판단한다. 나머지는 화룡 왕 전하께서 하실 게다."

대장군이라도 다른 장군들과의 계급은 동급이었다. 그렇기 에 그의 권한 밖이며, 용왕들이 직접 주관한다.

"가겠느냐?"

"어디를 말입니까?"

"장군이 된다고 하지 않았더냐? 화룡왕 전하를 뵈러 가자꾸 나."

벨케루다인이 앞장섰다. 바하무트는 얼떨결에 그를 뒤따라 가면서 침을 삼켰다. 갑작스런 상황에 긴장감이 엄습했다.

"긴장하지 않아도 된다. 직책만 용왕이실 뿐, 어린아이 같은 분이시다. 아니, 어린아이다. 어린아이, 휴…….."

벨케루다인이 한숨을 내쉬었다. 다르게 표현할 만한 적당한 단어가 떠오르지 않았다.

파팟!

둘은 설치된 포탈을 타고 크라디메랄드의 성으로 곧장 이동했다. 바하무트는 크라디메랄드의 성을 보면서 입을 쩍 하고 벌렸다.

어마어마한 규모였다. 인간들의 건축양식과는 비교자체를 불허했다. 도대체가 성인지 도시인지 헷갈렸다. 200레벨대의 용족이 백사장의 모래알처럼 돌아다녔다. 300레벨 초반대의 용족도 간간이 발견됐다. 과연 용왕이 거주하는 성다운 풍경이었다.

벨케루다인이 지나가자 그를 알아본 용족들이 저자세로 아는 척을 했다. 바하무트에게도 고개를 뻣뻣이 세우지는 못했다. 용족은 강함이 곧 계급이었다.

폭전룡이라도 330레벨을 넘겼다. 용왕과 장군들을 제외하고 서열로 따진다면 손가락 안에 꼽힐 것이다.

"들어가자."

"네."

바하무트는 의아했다. 벨케루다인은 성을 통해 이어지는 산 깊숙한 곳으로 그를 안내했다. 왕을 알현하는 자리로는 안 어울렸다. 들어가면 갈수록 온도가 상승하며 더워졌다. 1만 가까이 되는 화속성 저항으로 더위를 느낀다는 것은 예삿일이 아니었다.

"전하께서는 전투의 후유증으로 조만간 수면에 드신다. 하여 지하 깊숙한 곳에 묻혀 있던 용암을 끌어 올려 몸을 담그셨다. 화룡에게 화기는 힘의 원천과도 같으니까."

"용왕의 한 명이 수면에 들면 빈자리는 어찌 됩니까?"

"누군가가 그 자리를 채울 자격이 되면 새로운 용왕이 탄생하겠지만, 그게 아니라면 빈 상태 그대로 유지된다."

"그렇군요."

바하무트는 관심을 거뒀다. 장군이 우선이고 용왕은 먼 훗날의 일이었다. 차근차근 진행하다 보면 언젠가는 마주할 것이다.

"이곳이다. 이곳에 들어가면 전하를 뵐 수 있다."

몸을 멈춘 바하무트가 정면을 올려다봤다. 성벽처럼 거대한 문이 그의 시야를 꽉 채웠다.

"벨케루다인? 어쩐 일이래?"

문 너머에서 크라디메랄드로 추정되는 목소리가 들려왔다. 왠지 모를 반가움이 묻어 나왔다.

"일족의 고룡 바하무트가 장군이 되기 위해 왔습니다. 전하의 승인이 필요합니다."

"들어와."

쿠르르릉!

문이 열리면서 막혀 있던 열기가 한꺼번에 쏟아져 나왔다.

그에 바하무트가 뒤로 물러섰다. 열기에 닿자마자 생명력이 줄어들었다. 봉인된 불의 성지보다도 뜨거웠다. 벨케루다인이 먼저 들어갔다. 바하무트는 죽을지도 모른다는 생각에 머뭇거리다가 눈 딱 감고 발을 내디뎠다.

띠딩!

> 화룡왕의 초열공간에 발을 들이셨습니다. 당신의 화속성 수치로는 버텨낼 수 없는 지역입니다. 온전하게 버티려면 본체로 현신하시기 바랍니다.

> 화룡왕 크라디메랄드가 당신의 출입을 허락했습니다. 본체로 현신하지 않으셔도 초열의 열기를 버텨내실 수 있습니다.

초열공간은 넓지도 협소하지도 않았다. 딱 적당했다. 몇몇 튀어나온 암석 아래로 용암이 물결치며 둘을 반겨줬다.

'크다.'

크라디메랄드를 본 바하무트의 첫 소감이었다. 그는 온천욕을 하듯 편안한 자세로 둘을 맞아줬다.

신체의 절반 이상이 용암에 잠겨 있음에도 어림잡아 벨케루다인의 두 배가 넘어 보였다. 바하무트의 시선이 무의식적으로 그의 머리 위로 향했다. 이쯤이면 거의 본능이었다.

[25ㅁ(─24ㅋ)]

마이너스를 표시를 플러스로 계산하면 499라는 숫자가 산출된다. 그게 크라디메랄드가 보유했던 원래 레벨이었다. 불의 신전에 처박힌 이프리트보다도 심각했다. 그렇지만 대단했다. 반신 둘과 싸우고도 죽지 않고 이겼음은 칠대용왕의 수장다웠다.

"반갑다, 바하무트."

"처음 뵙겠습니다. 바하무트라고 합니다."

"딱딱하긴."

바하무트는 벨케루다인이 왜 그를 어린아이라고 칭했는지 대충 감이 왔다. 속을 까봐야 알겠지만, 겉으로만 판단하면 가볍고 장난기가 다분했다.

내심 진중한 분위기를 지녔으면 했었다. 그런데 상상했던 모습과는 사뭇 달라 맥이 빠졌다.

"불의 신전에 들렀다가 왔다는 걸 안다."

"어떻게 아셨습니까?"

"눈치 채지 못했겠지만 네가 겁화의 위엄을 얻을 때 옆에서 보고 있었다. 네가 간 다음에 나타나서 몰랐을 뿐이지."

"아…….."

"장군 시험에 대해 알려주기 전에 미안하단 말부터 해야겠다. 이유는 생략하고 혹시 이프리트가 플뤼톤에 대해 알려줬나?"

바하무트는 이프리트와 나눴던 대화 내용을 알려줬다. 단편적인 것만 들었기에 부족한 게 많았다.

"핵심은 들었으니, 조금만 덧붙여 주마. 플뤼톤은 상처가 얕아서 마음만 먹으면 당장에라도 뛰쳐나올 수 있다. 그럼에도 대화산에 처박힌 건, 욕심이 많은 놈답게 모든 힘을 회복하려 해서다. 더불어 피닉스의 영단도 노리겠지. 그거 먹으면 기다릴 필요가 없거든."

"제게 하고 싶은 말씀이 있으신지?"

"1년 안에 피닉스를 찾아가라. 내가 보내서 왔다고 하면 자세한 이야기는 그 녀석이 해줄 거다. 명심해. 1년이야, 1년."

띠딩!

화룡왕 크라디메랄드의 부탁이 바하무트 님에게 전달됩니다.

[피닉스와의 대면 : 등급(S)]

내용 : 샌드헬의 중심부 대화산에는 화정을 품은 불사의 피닉스가 존재한다. 그는 수백 년 전부터 겁화의 군주 플뤼톤과 대치하여 묘한 신경전을 벌이는 중이다. 그와 플뤼톤이 본격적으로 맞붙기 전에 찾아가서 자세한 이야기를 듣고 앞으로 벌어질 위협에 대비하라.

제한 : 이프리트, 크라디메랄드와 관계된 자.
성공 : 1년 내에 피닉스와의 대면.

실패 : 기한 초과.

성공 보상

1. 2레벨 증가, 피닉스의 깃털

페널티

1. -5레벨, 용족 내부에서의 신뢰도 하락.
2. 플뤼톤의 완전한 부활.

샌드헬의 대화산으로 가서 피닉스와 만나면 되는 간단한 퀘스트였다. 등급도 낮았고 성공보상과 페널티도 그저 그랬다. 피닉스의 깃털은 딱 봐도 재료 아이템처럼 보였다.

레벨과 용족의 신뢰도 하락이야 올리면 된다. 플뤼톤의 완전한 부활도 내버려 두면 그만이었다.

'레벨 올리기도 힘든데 +2가 어디냐.'

바하무트는 좋게 생각하기로 했다. 이프리트의 노예가 된 상황에서 +2도 감지덕지였다. 기한도 넉넉한 편이라서 최대한 레벨을 올려놓고 찾아가는 게 유리할 듯싶었다.

"쉽다고 생각하지? 만나는 자체는 쉽겠지만, 실패하면 플뤼톤이 피닉스를 죽이고 부활한다. 그리되면 이프리트의 목숨도 시간문제야. 죽일 이유는 사라져도 플뤼톤에게 있어서 상처 입은 이프리트는 만약을 대비한 도시락이거든, 그러니 최선을 다해줬으면 한다."

'내버려 두겠다는 말 취소다.'

되도록 퀘스트를 해결해야겠다. 피닉스야 죽어도 상관없지만 이프리트가 죽으면 그날로 끝이었다.

"본론으로 들어가지. 일족의 고룡 바하무트에게 묻겠다. 장군이 될 준비가 되었느냐?"

"예."

"벨케루다인이 인정했듯이 그대는 자격이 충분하다. 몇 번째 직책에 도전하겠는가?"

백팔전룡 때와 똑같았다. 같은 시험이라도 직책에 따라 부여되는 난이도가 천차만별로 달라진다.

백칠 번째와 백팔 번째 정도라면 비슷하겠지만 첫 번째와 백팔 번째가 된다면 극과 극이 된다. 신중하지 않으면 실패 후에 페널티는 페널티대로 받고 재시험을 봐야 했다. 장군의 자리는 서른여섯 개였다. 그중에서 바하무트가 원하는 자리는 하나뿐이었다.

"대장군에 도전하겠습니다."

"대장군? 재고의 기회를 주겠다. 너의 실력으로는 언저리도 위험하다. 욕심은 제 자신을 망치는 지름길이란 것을 명심해라."

바하무트는 벨케루다인이 지닌 대장군의 직책을 원했다. 현재의 장군들은 수만 년의 용생을 살아온 노련한 고룡이었다. 그들에게는 자신의 뒤를 이어줄 젊은 용족들이 필요했다. 벨케루다인만 해도 이제는 일선에서 물러나서 쉬고 싶은 마음뿐이었다.

"앞으로 레드 드래고니언이 언제 태어날지 모릅니다. 화룡의 혈통을 제가 이어가겠습니다.

"너……."

"바하무트?"

용족의 레드 드래고니언은 바하무트를 포함해서 세 명이 전부였다. 그가 잇지 않는다면 끊겨 버린다. 대장군의 직책을 넘겨받음으로써 화룡의 건재함을 과시해야 했다. 크라디메랄드와 벨케루다인은 바하무트가 용왕이 되려 함을 느끼고는 멍한 표정을 지었다.

"크하하하! 좋다! 화룡이라면! 그 정도의 오만함은 당연하다! 나 역시 내 뒤를 다른 녀석들이 차지하는 꼴은 못 본다! 일족의 고룡 바하무트여! 내가 밟아왔던 길을 걸음으로써 네 존재를 증명해 봐라!"

띠딩!

바하무트는 미친 듯이 웃어대는 크라디메랄드를 보며 장군 시험의 내용을 확인했다.

[진정한 진마의 힘 : 장군 퀘스트]

내용 : 바하무트여, 진정한 마족과 싸워본 적이 있는가? 그대

의 선조들은 예로부터 마족들과 살이 찢기고 뼈가 부러지는 전쟁을 치러왔다. 쌓이고 쌓였던 종족 간의 감정이 극에 달했을 때, 전 차원계를 혼란으로 몰아넣은 용마전쟁이 벌어졌다. 화룡왕 크라디메랄드는 그 전쟁에서 마계의 대군주인 어둠의 군주 사탄과 싸워 승리했고, 중간계의 어느 한 사원에 봉인시키는 데 성공했다. 그 사원은 사탄의 마기에 변질되어 오늘날에는 어둠의 미궁이라 명명됐고 대륙의 금지구역으로 지정되기에 이르렀다. 당시 사탄은 혼자가 아닌, 그를 따르는 몇 명의 마족과 함께 봉인당했다. 대장군이 되려 한다면 어둠의 미궁 80층에 존재하는 데이로스의 숨통을 끊음으로써 스스로를 증명하라.

제한 : 바하무트.
성공 : 데이로스의 사망.
실패 : 바하무트의 사망.
보상 : 능력치 포인트 +200, 대장군의 직책.
페널티 : 10레벨 하락, 한 달간 재시험 불가.

'80층?'

과거 바하무트는 슈타이너와 함께 어둠의 미궁 40층에서 데몬 계열의 자작을 상대하고는 탐사를 포기했다.

포션이나 스크롤 등의 보조 물품이 바닥났기에 더는 밑으로 내려갈 여력이 없어서다. 그런데 80층이란다. 족히 두 배를 더 내려가야 했다. 데이로스의 계급은 공작과 후작 둘 중에 하나일 것이다. 대장군의 난이도로 예상하면 공작일 가능성이 컸다.

"데이로스는 사탄을 받드는 사대마공작의 막내지만, 지금의 네가 상대하기에는 조금 벅찰 것이다."

공작이 맞았다. 추정 레벨은 350~399 사이였다. 무작정 돌진하기보다는 79층까지 경험해 보고 판단하는 게 좋을 듯싶었다. 후작의 강함이 어찌 되느냐에 따라서 80층으로 직행할지 멈출지가 결정된다. 제한 시간이 딱히 없어서 한결 여유롭게 진행할 수 있을 것 같았다.

"어둠의 미궁은 몇 층까지 있습니까?"

"모른다. 장군들이 고위 마족과의 전투 경험을 쌓으려고 종종 어둠의 미궁을 들렀지만, 80층 밑으로는 내려가질 못했다. 데이로스의 존재도 벨케루다인이 발견한 거다. 칠대용왕이라면 사탄의 모습을 확인하는 게 가능해도 그런 쪽으로는 관심이 없어서 말이지."

바하무트가 벨케루다인을 쳐다봤다. 데이로스를 봤다면 혹시 쓸 만한 정보를 들을 수도 있었다.

"뭘 그리 보느냐?"

"데이로스와 싸워보셨습니까?"

"안 싸웠다. 거기까지 쉬지 않고 가는 것만도 힘들어서 그냥 얼굴만 보고 나왔다."

"순순히 보내줍니까?"

"서로 목숨 걸 필요가 있겠느냐?"

종족 관계가 적대적이라 해서 보자마자 물불 안 가리고 싸우는 건 아니었다. 서로에게 손해될 싸움이라면 되도록 피한다. 벨케루다인은 데이로스와 대화를 나누다가 드래드누스로 돌아왔다. 그는 어둠의 미궁 80층에서 무료한 삶을 살아가는 중이었다.

"데이로스는 마계의 정통 마족인 아크데몬이다. 실력은 현존하는 장군들과 비슷하니 방심하지 말거라."

벨케루다인도 데이로스를 보기만 했고 싸우지는 않았기에 아는 선에서만 가리켜줬다.

"그쯤하면 됐다."

옆에서 지켜보던 크라디메랄드가 대화를 끊었다. 너무 많은 것을 알려주면 시험을 치르는 의미가 없어졌다. 큰 줄기의 대화는 끝났다. 작은 줄기의 대화를 할 차례였다.

"바하무트, 너에게 냉혈의 아즈란이 있다는 것을 안다. 그것을 나에게 준다면 네가 사용할 만한 무기로 바꿔주마."

"정말이십니까?"

바하무트의 얼굴에 화색이 돌았다. 안 그래도 어찌할지 생각 중이었다. 그는 머뭇거림 없이 냉혈의 아즈란을 꺼냈다. 보옥에서 차가운 냉기가 뿜어졌지만, 상성의 한계를 벗어나는 초열공간에서는 힘을 쓰지 못했다. 환경으로 따지자면 불의 신전보다도 최악이었다.

"아즈란의 유산이 맞구나. 빙룡왕이 좋아하겠어."

크라디메랄드는 냉혈의 아즈란을 넘겨받았다. 그리고는 붉은 용의 형상을 띤 건틀렛을 건네줬다.

"오오오오!"

바하무트가 건틀렛의 옵션을 보며 흥분했다. 겁화의 위엄에는 못 미쳐도 평생 써도 모자람이 없을 무기였다.

[화룡의 송곳니 : 히어로]

설명 : 화룡왕 크라디메랄드가 젊은 시절에 사용했던 건틀렛. 그의 뼈와 가죽으로 겉을 장식하고 이빨로 용의 형상을 구성했다. 강력한 화룡의 권능을 지녔기에 공격력만큼은 단연 압권이다.

제한 : 2차 전직 이상, **종류** : 건틀렛, **내구도** : 950/950.

공격력 4,500~5,500, 근력 +300 체력 +300, 민첩 +50, 지능 +50.

마력 소모 : -30%, 화속성 강화, 저항 +100, 화속성 관련 능력치 10% 증가.

특수 옵션

1. 인페르노 이레이져 : 일직선상의 모든 것을 녹여 버리는 화염광선을 내뿜는다. 다수의 적보다는 소수의 적에게, 폭발보다는 관통에 치중한다.

2. 화룡왕의 레프트 암 : 한 달에 한 번 20초 동안 크라디메랄드의 왼팔이 보유한 권능을 자기 자신에게 부여한다. 어떠한 기

술이든 사용할 수 있지만, 능력이 부족하면 안 하느니만 못하다.

바하무트는 곧바로 화룡의 송곳니를 착용했다.

이펙트가 바뀌면서 한층 더 멋스러움이 강조됐다. 냉혈의 아즈란을 건네줬음에도 전혀 아깝지가 않았다. 아이템이 제아무리 좋아도 쓰지 못한다면 무의미했다.

"큰 도움이 될 것이다. 유용하게 써주기를 바란다."

"감사합니다. 잘 쓰겠습니다."

바하무트는 고개 숙여 고마움을 표시했다. 장군 퀘스트도 받았고 더불어 아이템도 얻었다. 대체적인 볼일이 끝났기에 아마란스 영지로 돌아가서 어둠의 미궁으로 떠날 준비를 해야 했다.

* * *

바하무트가 돌아가고 크라디메랄드와 벨케루다인은 둘이서만 따로 대화를 나누었다.

"전하, 어쩌자고 플뤼톤을 중간계로 소환하신 겁니까? 그가 부활하면 용마전쟁이 재현될지도 모릅니다."

"그러라고 한 것도 있고, 용마전쟁 때부터 깝죽거리기에 한 번 기를 죽여놓고도 싶었다. 어차피 종족 간의 관계가 적대적이기에 언젠가는 터질 일이었다. 이참에 각개격파하는 것도 나쁘지는 않겠지."

현재 중간계에는 마계의 구대군주 중에서 세 명이 존재한다. 죽음의 군주 워리놈과 어둠의 군주 사탄, 겁화의 군주 플뤼톤이 그들이었다. 마계의 남은 여섯 군주가 데몬 게이트를 뚫고 중간계에 강림하려면 막대한 마력과 오랜 시간이 필요하다.

지들 내키는 대로 살아가면 용족도 별다른 행동을 취하지는 않겠지만, 도발한다면 응해줄 용의는 충분했다.

"플뤼톤이야 맨몸뚱이고, 자신의 군대를 보유한 놈들은 사탄과 워리놈뿐이다. 이쯤이면 두 명의 용왕만 나서도 상대한다. 더욱이 바하무트 그 아이가 피닉스와 만나기만 하면 플뤼톤은 죽은 목숨이다. 그 상처를 입고서는 절대 둘을 동시에 상대하지 못해."

"이론상으로는 그렇지만……."

벨케루다인은 걱정스러웠다. 세상만사 무엇이든 마음먹은 대로 행해진다면 어느 누가 고민하며 살아가겠는가?

일이 잘못돼서 플뤼톤이 부활하면 그는 어둠의 미궁을 찾아가 사탄의 봉인을 풀어줄 것이다. 그리되면 플뤼톤과 사탄이 워리놈과도 손을 잡음이 자명한 일이었다. 가뜩이나 요즘 워리놈의 행동이 심상치가 않았다. 무언가를 꾸미는 듯한데, 그게 무엇인지 알 수가 없었다.

크라디메랄드는 이번 일을 긍정적인 쪽으로 생각했고 벨케루다인은 부정적으로 생각했다. 하나의 생각을 어떤 방향으로 보느냐에 따라 의견이 분명하게 갈렸다.

"전쟁이 벌어지면 벌어지는 것이다. 먼저 치는 것을 두려워하지 말라. 때로는 큰 결단을 내릴 줄도 알아야 하니."

"예, 전하."

어찌 됐든 벨케루다인은 화룡왕을 받드는 대장군이었다. 신하로서 왕을 의심하는 것만큼의 불경도 없었다.

지금으로써는 그를 믿고 따르는 게 최선이었다.

*   *   *

아마란스 영지로 돌아온 바하무트는 슈타이너와 브레인을 불러 어둠의 미궁으로 떠날 준비를 서둘렀다. 보조 물품이 부족하지 않게끔 인벤토리를 꽉꽉 채웠다. 브레인은 전투에서 제외되기에 짐꾼의 역할을 자처했다. 그렇다고 무시하는 것은 아니었다.

그는 맵퍼로서 미궁의 길을 찾아주는 큰 도움을 줄 예정이었다. 어둠의 미궁은 사냥도 사냥이지만, 길 찾는 것도 상당한 짜증을 유발한다.

지하로 내려갈수록 복잡해지기에 유저들은 길잡이들을 한 명씩 고용하고는 했다. 간혹 고용비가 아까워서 길잡이 없이도 가는데, 그러다가는 미로에 갇혀 길만 헤매다가 죽기 일쑤였다.

어둠의 미궁은 벨카 왕국의 북부 척박지역에 있는 한 사원의 지하에 뿌리를 둔다.

이 주변은 중립지역이기에 어느 국가에서도 소유권을 주장하지 못한다. 쉽게 표현하면 무법지대라는 뜻이었다. 법과 제도가 확립되지 않고 질서가 문란했고, 이곳에서는 도리나 예의범절을 찾아볼 수가 없었다. 게임에서 위의 사항으로 떠올릴 수 있는 단어는 바로 PK였다.

플레이어 킬링(Player Killing).

도시 자체가 PK를 포함한 온갖 범법 행위를 해도 아무런 제재를 가하지 않았기에 언제 어디서 뒤치기가 들어올지 예측할 수 없었다.

그곳의 특성상 하수들은 찾아가기를 꺼려한다. 고수 중에서도 실력에 자신이 있는 이만이 모여든다.

무법도시 알테인.

바하무트 일행이 가려는 곳이자, 어둠의 미궁 근처에 있는 유일한 도시의 이름이었다.

26장
무법도시 알테인

카솔 후작령은 벨카 왕국의 북부를 수호하는 요새로서 적의 습격을 대비해 수만 규모의 군단이 주둔한다. 규율이 엄격하고 방비가 철저했기에 내외부로의 출입이 까다로웠다. NPC들이야 그러려니 하고 살아가겠지만, 자유로운 영혼의 유저들은 이곳을 싫어했다.

다른 영지에서처럼 행동했다간 자신도 모르는 사이에 벌금을 물거나 체포된다. 그렇기에 정신을 똑바로 차려야 했다.

북부는 척박하다. 카솔 후작령도 그 자체로만 보면 볼거리가 없는 흔해빠진 영지에 불과하다. 그럼에도 유저들은 끊임없이 찾아왔다.

이곳은 북부 끝에 존재하는 알테인을 가기 전의 마지막 안

식처였다. 알테인은 어느 국가에도 소속되지 않는다. 무법도시라서 온갖 범법행위가 난무했기에 마음 놓고 쉴 곳이 못 된다.

군단을 주둔시키는 이유가 여기에서 나타난다. 얼마나 개판이면 알테인의 유저들이 카솔 후작령을 공격하는 일도 다반사로 일어났다.

카솔 후작령에서 충분한 휴식을 취한 유저들은 그제야 알테인으로 향한다. 알테인의 주요 사업 수단인 어둠의 미궁에 가기 위해서였다.

어둠의 미궁.

오대금지구역의 한 곳으로 지정된, 현존하는 모든 던전 중에서 가장 높은 난이도를 자랑하는 재앙 등급의 던전이었다. 잔챙이의 등급도 분노에서 시련이라 아이템과 경험치가 짭짤해서 무법도시임에도 항상 유저로 붐볐다. 어중이떠중이는 찾아오지도 않는다.

언제 뒤치기를 당해서 아이템을 떨굴지 모르는 곳이었다.

각 층의 방과 넓은 공터마다 강력한 마계의 마족과 마수들이 출몰하며 미궁이라는 단어답게 한번 들어가면 쉽게 빠져나올 수 없는 구조였다. 게임의 이치에 맞게 내려가면 내려갈수록 그 정도가 심해졌다.

던전의 공략을 포기하는 방법은 두 가지뿐이었다.

죽거나 귀환하거나.

죽음은 그렇다 쳐도 귀환할 경우 처음부터 재도전을 해야 했다. 그에 유저들은 무리하지 않는 선에서 이득을 챙겼다. 끝이 어디인지를 아는 유저는 없다. 밝혀진 바로는 20층이 최고 기록이란다. 무의미했다. 이사벨라도 30층, 바하무트와 슈타이너는 40층까지 갔다.

다른 대륙십강은 갈 필요성을 못 느껴서 가지 않았지만, 지금의 수준이라면 혼자서도 능히 40층을 돌파할 것이다.

유저들이 20층에서 막히는 이유는 간단했다. 그곳부터 다음 층으로 가는 길을 남작 등급의 마족이 틀어막아서다. 내려가려면 쓰러뜨려야 했다. 물량으로 밀어붙이는 건 불가능했다.

미궁 내부의 다른 지역은 몰라도 보스룸은 입장 제한이 걸려 한 개 파티밖에 들어가지 못한다. 먼저 들어간 파티가 있다면 기다리는 수밖에 없었다.

한도는 10명이었다. 2차 전직 유저가 포함되지 않은 10명은 마족 남작에게 순식간에 몰살당한다. 하여 유저들은 마귀작이 출몰하는 20층부터를 마의 벽이라고 칭했다.

알테인은 다른 의미로 199레벨의 고향이라고도 불렸다. 그만큼 199레벨 유저들의 분포도가 굉장했다.

실력이 없다면 당장에라도 게임을 접게 만들, 도시의 환경 자체가 적자생존과 약육강식을 강요하는 그곳으로 바하무트 일행이 출발했다.

* * *

바하무트는 일행은 카솔 후작령에서 말 세 마리를 대여하고는 곧바로 성을 벗어났다. 알테인은 워프 포탈이 없다. 출입하는 유저들을 세세하게 관찰하기 위해 없애 버렸다. 바하무트와 슈타이너는 일전에 알테인을 경험했기에 딱히 기대되지 않았다.

그러나 브레인은 달랐다. 알테인의 악명은 익히 들었지만 동영상과 소문으로만 접했다. 그 같은 비전투 직업이 갈 만한 곳이 아니었다.

"알테인… 포가튼 사가의 무법도시!"

"기대되십니까?"

"그럼요! 제가 알테인을 가게 될 날이 올 줄 알았겠습니까? 새로운 것을 경험한다는 건 좋은 겁니다!"

"그건 맞는 말이군요."

바하무트가 그의 말에 동의했다.

새로운 것을 경험하면 견문이 넓어진다. 사람들이 책을 읽고 여행을 하는 것도 이에 속했다.

"저희 없이 가보실래요?"

"네, 네?"

슈타이너의 말에 브레인이 당황했다. 잘못 듣지 않았다면 혼자서 가란 소리로 들렸다.

"흐흐! 저희 없이 가도 과연! 브레인 님 말마따나 기대가 될까요?"

"슈타이너, 브레인 님 겁주지 마라."

"브레인 님! 알테인은 말이죠. 지옥이에요! 하하!"

"지옥이요?"

부가설명은 바하무트가 대신해서 해줬다.

"악명은 익히 들으셨죠?"

끄덕.

브레인이 고개를 끄덕였다. 알테인의 악명은 타마라스의 악명과 맞먹었다. 사전 정보 없이 몸으로 겪으려고 했다간 지독한 절망을 맛본다. 지금까지 포가튼 사가가 상용화되고 시간이 흐르면서 수천수만 명 이상이 빈털터리 신세로 전락해 게임을 접었다.

"뭘 알고 모르시는지 모르니까, 중요한 부분만 꼭 집어서 말씀드리겠습니다."

먼저 알테인의 성문으로 다가가면 그곳을 지배하는 붉은 눈물 길드의 유저가 성벽 위에서 물어본다.

> 길드의 표식 혹은 보호를 받겠는가? Yes/No

표식을 받는다고 하면 하루 동안 붉은 눈물 길드에서 만든 붉은 물방울을 가슴 부분에 달아준다. 가격은 3,000~5,000골드 정도였다. 그리하면 적어도 도시에서 만큼은 안전하고 길드의 간접적인 보호를 받는다. 단점은 어둠의 미궁 내부에서는 거의 무용지물이란 것이다.

보호를 받겠다고 하면 길드원 한 명이 직접 따라붙는다. 가격은 1~2만 골드 사이로 도시는 물론 어둠의 미궁에서도 확실한 효과를 발휘한다. 붉은 눈물 길드를 공격한다는 건 알테인 전체를 적으로 돌리는 행위였다. 문제는 웬만한 유저가 부담하기에는 금액이 컸다.

"이걸 받아들이느냐 거절하느냐에 따라서 내부에서의 생활 환경이 달라집니다. 천국과 지옥이 왔다 갔다 하죠."

알테인의 유저들은 고수였다. 칼질만 잘해서는 고수란 표현을 쓰지 못한다. 다방면에 걸쳐 뛰어나야 사용할 자격을 얻는다. 그들은 강자와 약자를 귀신같이 알아본다. 강자로 판명되면 출혈을 감수하면서까지 도발하지 않는다. 반대로 약자라면 처절하고 불쌍하게 잡아먹힌다.

쉽게 설명하자면 실력이 있다면 안 받아도 그만이다. 그러나 단순하게 돈이 없어서 표식과 보호를 포기하면 그는 어떤 식으로든 대가를 치른다. 혹시 '나는 괜찮겠지'라는 생각을 한다면 일찌감치 집어치웠으면 한다. 알테인은 굶주린 늑대소굴이었다.

"유저들은 브레인 님이 초행임을 눈치챌 겁니다. 내면의 생각은 겉의 행동으로 나오게 마련이니까요."

브레인이 2차 전직을 했어도 비전투 직업인 맵퍼였다. 이래서는 199레벨 유저 한 명도 간당간당했다.

캐릭터의 기본 능력치는 우세할지 몰라도 공격 스킬과 경험 등의 부족으로 챙겨주지 않으면 제 앞가림도 못할 것이다. 다만 서로 떨어질 염려는 없으니 이렇다 할 문제는 없을 터였다.

"걱정 마세요. 제가 잘 보호해 드리겠습니다."

"슈타이너 님 옆에 꼭 붙어 있겠습니다."

"다 왔군요. 알테인입니다."

일행의 정면으로 거대한 대도시가 위용을 드러냈다. 높게 솟은 성벽과 빼곡하게 들어선 건물들이 일국의 공작령을 보는 듯했다.

중심부에는 다른 건물들을 압도하는 거성이 존재했다. 저곳에서 영주가 산다. 붉은 눈물 길드장은 영주의 호위 단장이었다. 길드원들은 사병쯤으로 봐도 무방하다. 세금만 꼬박꼬박 갖다 바치면 뭔 짓을 해도 상관을 안 했기에 사실상 길드장의 세상과도 같았다.

"정지!"

성문 옆에 만들어진 초소에서 멈추라는 뜻과 함께 두 명의 유저가 걸어 나왔다. 붉은 눈물 길드원들이었다.

"통행료 등급을 알면 알아서 지불해라. 모르면 설명해 주지."

"세 명, 3,000골드다."

"통과!"

돈을 받은 유저가 성문에 달린 자그마한 문을 열었다. 고작 세 명을 입장시키려고 성문 자체를 열 수는 없음이다.

드르르릉!

성문이 열리면서 바하무트 일행이 내부로 들어갔다. 좀 전에 지불한 통행료는 일종의 입막음이었다.

저리 주지 않는다면, 아이디를 포함한 여러 정보를 죄다 말해줘야 했다. 등급에 따라 말해줘야 하는 정보가 달라진다. 3,000골드면 아무것도 안 알려주고 그냥 입장하겠다는 뜻이었다.

"알테인에 오신 것을 환영합니다! 브레인 님, 마음껏 구경하세요!"

"오오! 이곳이 알테인!"

슈타이너의 농담에 브레인이 호응해 줬다. 성문 쪽이라서 유저들의 숫자가 극히 적었다. 모르긴 몰라도 깊숙이 들어가거나 어둠의 미궁 근처에 도착하면 떼거리로 몰려 있을 것이다.

"머물 곳부터 잡겠습니다."

바하무트가 일행의 선두에 섰다.

장군 퀘스트의 목표는 어둠의 미궁 80층의 데이로스였다. 며칠 내로 끝낼 수준이 아니라서 머물 곳이 필요했다.

＊　　　＊　　　＊

알테인의 가장 큰 사업 수단은 어둠의 미궁이었다.

거처와 사냥터는 가까울수록 좋다. 그렇기에 여관 등의 숙박 시설이 한쪽으로 치우쳐져 있었다.

딸랑!

바하무트가 고급 여관의 문을 건들자 쇠가 튕기는 소리가 들렸다.

스스스슥.

여관 내부에서 휴식을 취하던 유저들의 시선이 바하무트에게로 쏠렸다. 족히 수십 명은 넘었다.

노골적인 훑어보기.

은신의 망토를 썼기에 겉모습은 보이지 않았지만, 그들이 보는 건 겉모습이 아니었다. 행동만 보고도 강약의 차이를 구별할 줄 알았다.

"눈알 돌려, 뽑아버리기 전에."

챙!

슈타이너가 독사왕의 이빨을 휘두르며 독설을 내뱉었다.

"그만해라."

"네."

스륵.

바하무트와 슈타이너가 은신의 망토를 슬쩍 들춰서 용족의 꼬리를 보여줬다. 그에 유저들의 눈빛이 흔들렸다.

'용족이 둘, 아니, 셋이로군.'

'199레벨 용족 셋이면 예닐곱 명도 상대한다.'

'먹이가 아니군.'

'아이템도 훌륭하다. 센스만 좋으면……'

유저들이 관심을 거뒀다. 행동도 여유로웠고, 아이템도 범상치 않았다. 게다가 용족이 셋이었다. 건드려서 좋을 게 없었다. 브레인은 인간이었지만, 둘의 장난질로 졸지에 용족이 돼버렸다.

찡긋.

슈타이너가 남모르게 바하무트에게 윙크했다. 이는 초반에 기를 죽이기 위한 연극이었다. 소문은 돌고 돌아서 셋을 귀찮은 것들로부터 보호해 줄 것이다. 예전에는 멋모르고 왔다가 수백 명을 죽이고서야 일단락됐었다.

바하무트가 여관 주인에게 다가갔다.

"방이 있나?"

"몇 개나 필요하지?"

"크고 조용한 걸로 한 개."

"기한은?"

"무제한."

촤륵.

바하무트가 1만 골드를 꺼내 주인에게 건네줬다. 주인은 이게 웬 떡이냐는 표정으로 냉큼 집어삼켰다.

시세의 몇 배를 더 쳐줬음에도 고마워하는 티가 없었다. 알테인에는 이런 말이 떠돈다. 은혜에는 뒤치기로, 복수 역시 뒤치기로 보답하라고 말이다. 돈 많다고 광고해 봐야 돌아오는 건 시퍼런 칼날이었다. 그럼에도 이 또한 노리고 한 일이었다.

"짐을 풀고 좀 돌아다녀 보자."

"알겠습니다."

짐을 푼다고 해서 아이템을 여관방에 놓고 나간다는 뜻이 아니었다. 그냥 좀 쉬는 것을 다르게 말한 것이다. 사냥은 며

칠 뒤에 시작하려 한다. 첫날부터 어둠의 미궁에 처박힐 생각
은 없었다. 브레인에게 도시 구경도 시켜주고 바람이나 쐴 겸
주변을 돌아봐야겠다.

"브레인 님, 제대로 된 알테인 구경을 해보시겠습니까?"

"제대로 된이요?"

브레인은 의아했다. 구경이면 구경이지, 제대로 된 구경은
무엇이란 말인가? 색다른 거라도 있나?

"후후! 그렇지요. 제대로 된! 가죠. 브레인 님!"

"어어? 어어?"

슈타이너가 브레인의 어깨를 잡고 바깥으로 나갔다. 바하무
트도 웃으면서 따라 나갔다.

*　　　*　　　*

알테인에는 여러 명소가 존재한다. 명소란 이름난 곳을 뜻
하는 단어였다. 현실이라면 여행, 혹은 관광지로 각광받거나
그에 준하는 좋은 의미를 지녔겠지만, 이곳에서 부르는 명소
는 유저들의 피와 눈물로 점철된 지역을 순화시켜 부르는 표
현이었다.

그중에서도 처형의 단두대와 투쟁의 공터는 가장 유명하고
흥미로웠으며 악명 높았다.

처형의 단두대는 붉은 눈물 길드가 직접 관리한다.

말 그대로 유저들을 잡아다가 공개 처형시키는 장소였다.

마구잡이식으로 진행하지는 않는다. 사용은 그들에게 반항하는 이들에게로 한정됐다. 과시용이라 생각해도 틀린 말은 아니다.

과거에는 멋모르는 유저들이 객기를 앞세우며 대들었었다. 혼자가 안 되면 여럿이서라도 했다. 여지없이 처형당했다. 수백수천 명의 유저가 지켜보는 가운데, 동영상까지 찍혀가며 꼴사나운 모습을 내보였다.

한 번만 죽느냐? 한 번이면 악명이 높을 리가 없다. 개 값 물었다며 욕이나 질펀하게 쐈주면 그만이었다.

알테인에는 워프 포탈은 없어도 세이브 포인트는 있었다. 알다시피 카솔 후작령에서 알테인으로 들어오는 절차는 꽤 귀찮고 번거롭다. 저장을 해두는 건 당연했다.

눈치가 빠르다면 알 것이다.

무한척살.

저장을 안 했으면 모르되, 했다면 세이브 포인트에서 살아나면 살아나는 대로 계속해서 죽는다. 그리되면 199레벨 유저가 울고불고 매달리며 100레벨 이하로 떨어지는 절대마법을 보게 된다. 아이템 역시 개털이 되기 직전까지 털리고서야 자유를 얻을 수 있었다.

그리 얻게 된 자유는 의미가 없어진다. 엄청난 페널티에 상거지가 되면 게임에 대한 의욕을 상실한다.

최근 들어서는 쓰이지 않고 방치되는 중이었다. 쌓이고 쌓인 악명이 공포로 각인됐기 때문이었다. 붉은 눈물 길드는 팔

대길드를 제외하면 능히 세 손가락 안에 꼽히는 대길드였다. 평범한 유저들에게는 어길 수 없는 법과도 같았다.

"가끔 권력을 남용하긴 해도 피똥 길드에게 밉보이지만 않으면 처형에 단두대에 갈 일은 거의 없어요."

슈타이너는 붉은 눈물 길드를 피똥 길드라고 불렀다.

누가 듣든 관심 밖이었다. 제까짓 것들이 떼거리로 몰려와 봐야 가소로울 뿐이었다.

"그럼, 1레벨이 되는 유저도 있었습니까?"

"아뇨, 대충 한 100레벨쯤 깎으면 그냥 알테인 바깥으로 던져 버려요. 그쯤하면 쓸 만한 아이템은 다 떨어지거든요."

"으으으으! 끔찍하다!"

"저희와 있는데 뭐가 끔찍합니까? 어디 혼자 돌아다니지만 마세요."

브레인이 사시나무 떨듯 몸을 떨었다. 플레이 포럼에서 보던 것과 실제로 듣는 것의 차이는 확연했다.

아직은 셋이서 다녔기에 보통의 도시와 똑같았다.

"지금 저희가 가는 곳은 투쟁의 공터예요."

"아! 서로 아이템을 걸고 싸우는 곳 맞죠?"

"맞습니다. 뒤치기 걱정 없이 실력만이 전부인 곳입니다."

뒤에 있던 바하무트가 말했다. 투쟁의 공터는 어찌 보면 처형의 단두대보다 유명했다.

와아아아!

"마침 한판 붙는 중인가 보네요."

바하무트 일행이 유저들 속으로 들어갔다. 꽤 넓은 공터였지만 많은 숫자가 몰리다 보니 유저들이 다닥다닥 붙은 형태였다.

"뒈져! 이 새끼야!"

"개소리하지 말고! 아이템이나 내놔!"

퍼퍼퍼펑!

창과 메이스를 든 전사 계열 유저 둘이서 피 터지는 근접전을 치렀다. 성난 야수들을 보는 듯했다.

"죽여!"

"병신아! 메이스로 대가리를 박살 내!"

"창으로 쑤셔!"

"크하하하!"

주변 유저들이 광기어린 포효를 터뜨렸다.

욕설이 난무하고 서로가 지지하는 유저가 이기라며 응원했다. 싸우기 싫어도 싸워야 할 분위기가 저절로 형성됐다. 브레인은 유저들이 발산하는 기운에 몸을 움츠렸다. 진짜 육체도 아닌 가상의 육체였다. 그런데도 몸서리쳐지는 광기가 현실을 넘어 가상에까지 표출됐다.

"둘 중에 이기는 사람이 상대방이 떨구는 아이템을 얻습니다. 그렇기에 PK라도 합법이 되는 겁니다."

"차라리 계약서를 작성하고 PVP를 하는 게 좋지 않나요?"

브레인이 말하는 PVP는 죽어도 아이템이나 경험치를 떨구지 않는 대결 시스템이었다. 주로 PK 연습용으로 사용하지만,

계약서를 작성하면 내용대로 따라야 한다. 패배하면 아이템을 잃음에도 경험치는 지킬 수 있으니, 그편이 더 좋다고 생각한 것이다.

"아이템만 넘겨주면 재미없잖아요. 박진감 넘치게 싸워야 진정한 싸움이죠."

슈타이너가 브레인의 궁금증을 풀어줬다. 게임 제작자들이 PVP와 PK를 따로 만든 이유를 떠올려야 한다. 비슷한 시스템임에도 묘하게 달랐다. PVP로는 진정한 마니아들의 욕구를 풀어주기 어려웠다. 스릴을 즐기는 자들은 위험을 무릅쓰더라도 하드한 것을 원했다.

"슈타이너의 말이 맞습니다. 유저들에게 포가튼 사가는 현실, 모두 죽지 않으려고 발악하고 페널티가 크면 클수록 그 정도가 심해집니다. 그런 유저들이 싸운다면 어떨 것 같습니까? 하물며 이곳이 무법도시 알테인이라면? 무엇이든 진심을 담으면 거짓은 사라집니다."

콰콰콰쾅!

굉음 소리에 브레인이 시선이 소리의 근원지로 향했다. 유저들은 상대의 숨통을 끊으려고 진심을 다해 싸웠다.

어떤 무기든 먼저 치명타를 가한다면 우위를 점할 것이다.

우드드득!

"크억!"

"끝이다!"

메이스를 든 유저가 창은 든 유저의 품속으로 파고들어 옆구리를 후려쳤다. 어찌나 세게 후렸는지 뼈가 부러지는 소리와 함께 유저의 육체가 기형적으로 꺾였다. 상태이상 골절은 물론이고 기절도 덤으로 걸렸는지 움직이지 못하고 허우적댔다.

"크크! 아이템이나 뱉어!"

뿌가가각!

결국 메이스에 의해 머리가 부서지며 피가 분수처럼 솟구쳤다. 목이 없어진 유저는 이내 축 늘어져서 창을 떨구고는 강제 로그아웃됐다.

"와! 죽인다!"

"또 도전해서 싸워봐라!"

메이스를 든 유저가 창을 회수했다. 제법 좋은 레어 아이템이었다. 수익이 짭짤했다.

"슈타이너, 브레인 님. 그만 가죠."

"네!"

"알겠습니다!"

바하무트가 돌아가려고 일행을 불렀다.

구경할 만큼 했으니, 여관으로 돌아가 휴식을 취하고 미궁 탐험을 위한 준비를 해야한다.

"하여간 창 쓰는 병신들은 상대하기 쉽단 말이지, 가까이만 붙으면 당황해서 말이야. 킥킥킥킥!"

멈칫.

슈타이너가 몸을 멈췄다. 그는 유저의 말을 들으며 인벤토리에 따로 빼놓은 독사왕의 이빨을 쳐다봤다.

"……."

잘못 듣지 않았다. 분명 창 쓰는 병신이랬다. 자신은 창을 쓴다. 고로 병신이다.

"허?"

슈타이너가 몸을 돌렸다.

*   *   *

"다음 도전! 다음 도전 없나?"

메이스를 든 유저가 의기양양한 표정으로 다른 유저들과 시선을 맞췄다. 한두 판만 더 뛰려 함이었다.

"없어?"

"여기 있다, 이 새끼야."

"뭐, 뭐?"

슈타이너가 유저들은 헤치고 나오면서 상대에게 욕을 했다. 욕을 먹은 유저는 그의 발언에 말을 더듬었다.

"창 쓰는 병신들? 나도 창 쓰는데, 내가 무슨 잘못을 했다고 너한테 병신 소리를 들어야 하냐?"

"아하! 발끈했군. 사실을 말했을 뿐이다. 창 쓰는 병신들은 하나같이 붙으면 당황하거든."

"네놈 새끼가 진짜 창술을 본 적이나 있어?"

"보여줄 실력이 되는 놈은 있나?"

빠직!

슈타이너는 이성이 끊어지려는 걸 가까스로 참아냈다.

저런 허접에게 무시당하다니, 말로 해서는 안 되겠다. 몇 번 죽어봐야 정신을 차릴 놈이었다.

"황금의 학살자가 창의 고수인 거 모르냐? 그가 방금 네가 한 말 들었으면 넌 뒤져."

"황금의 학살자? 아아! 고수지, 그자는 인정한다. 얼마 전 혹한의 마녀와 골렘 마스터를 동시에 상대했던 동영상은 인상 깊었어. 그런데 그건 황금의 학살자고 너는 병신이 맞잖아?"

"그래, 나는 병신 할게. 대신 너는 사형이다, 개자식아."

촤앙!

슈타이너가 창을 빼 들었다. 독사왕의 이빨은 아니었다. 지켜보는 이가 많았기에 예전에 사용하던 유니크 창을 쓰기로 했다. 그럼에도 레어와 비교되는 화려한 외관 탓에 유저들의 관심이 집중됐다.

"그, 그 창 유니크냐?"

"왜? 탐나? 탐나면 나 죽이고 가져가라. 호로 새끼야."

메이스를 든 유저뿐 아니라 주변의 유저 전부가 탐욕스러운 눈빛을 내비쳤다.

신속의 창.

슈타이너가 들고 있는 창의 이름이었다.

가격대는 2,500~3,000만 원 정도로 유니크답게 단 하나밖에 없었다.

"유, 유니크!"

"응, 유니크다. 너희도 볼래?"

띠딩!

슈타이너가 신속의 창 옵션을 모두가 보도록 공유시켰다. 파티가 아니라도 주인이 허락하면 일정 거리까지 정보가 전달된다.

"헉!"

"유니크가 맞아!"

"세상에!"

유니크는 대륙십강의 전유물이었다. 넓게 봐도 그들이 다스리는 길드의 최고 간부쯤은 되어야 지원해 준다. 좌절 등급의 몬스터만 떨궈서 199레벨 유저들은 기를 써도 얻지 못한다. 간혹 저레벨 중에서도 지닌 이들이 존재하는데, 시세의 몇 배를 주고 구매한 경우에만 속했다.

"아이고."

바하무트가 이마를 감싸 쥐었다. 창에 대한 애착이 강한 슈타이너가 일을 저질렀다.

스슥.

"응? 너네 뭐하냐?"

"유니크다."

"저놈을 죽이면 유니크를 먹을 수 있다."

"하? 이 새끼들 보소?"

유저들이 슈타이너에게로 몰려들었다. 투쟁의 공터고 나발이고 그를 죽이면 유니크 창을 먹는다.

일단 먹으면 그 활용도는 무궁무진하다. 비싼 값에 팔아도 되고, 전용 무기를 바꿔도 된다. 없어서 못하지, 있으면 뭐든 한다.

"흐흐! 알테인에 온 것을 환영한다!"

"어떤 놈이 먹을까? 혹시 나?"

"아니! 나야!"

"지금이라도 관두면 봐준다."

슈타이너의 목소리가 가라앉았다. 유저들은 그 모습이 귀여 웠는지 더더욱 조롱했다.

"너네, 너무 밀집되어 있다고 생각하지 않니? 그러면 죽이 기가 쉽잖아?

소닉 붐(sonic boom) : 전반 이식.

분영(分影) : 그림자 나누기.

퍼퍼퍼퍼퍼펑!

다가오던 유저들의 육체에 주먹만 한 바람구멍이 뚫렸다. 한 개도 아니고 수십 개씩이다. 분영의 데미지는 약하지만 소 닉 붐 중에서 가장 많은 타격을 전 방위에 가한다. 웃긴 것은, 그 약한 타격조차도 일반 유저들의 목숨을 앗아간다는 것이 다.

"으아아악!"

"며, 몇 명이 죽은 거야!"

총알 한 방이 사람을 꿰뚫어도 여러 명을 동시에 꿰뚫지는 못한다. 소닉 붐도 마찬가지였다. 수백 명 이상이 몰려 있었기에 반의반도 죽이지 못했다. 그러나 그 반의반도 상식을 벗어나는 수준이라 장면을 목격한 유저들의 혼을 빼버리기 충분했다.

"에이, 짜증난다. 너 때문이야. 너도 죽어."

"허억! 사, 살려줘!"

푸욱!

슈타이너가 인상을 찌푸리며 메이스를 든 유저의 심장에 창을 꽂아 넣었다. 이놈만 아니었어도 이런 일이 생기지 않았을 것이다.

두두두두.

슈타이너의 무력을 목격한 유저들이 흩어졌다. 자리를 지키다간 죽을 것만 같았다. 남은 것은 바하무트와 브레인, 그리고 슈타이너의 창을 보고도 욕심내지 않은 극소수뿐이었다.

"화려하게 해놨구나."

"화딱지가 나서 그만… 하하."

바하무트의 말에 슈타이너가 멋쩍은 미소를 지었다. 이 정도 일이라면 붉은 눈물 길드에서 움직일지도 모른다.

"이왕 벌였으니 어쩔 수 없고, 형은 브레인 님과 먼저 갈게. 뒷정리하고 와."

"넵! 걱정 마십시오!"

슈타이너는 아이템을 버리지 않는다. 그는 하찮은 매직도 챙기는 알뜰한 유저였다.

스스스슥.

죽은 유저들의 아이템이 아공간으로 들어갔다.

아공간은 인벤토리와는 다른 개념으로 마도협회에서 직접 구매해야 했다. 가격이 상당해서 처음에는 망설였었다. 오늘날에 와서는 아주 유용하게 사용하고 있었다.

아이템을 전부 챙긴 슈타이너가 바하무트가 돌아간 쪽으로 똑같이 걸어갔다. 뒷정리는 아이템을 줍는 걸로 끝냈다. 시비 걸러 몰려오면 또 죽이면 그만이었다.

* * *

촤륵!

손이 넘어갈 때마다 종이도 한 장씩 넘어갔다. 쓰여 있는 참으로 내용이 가관이었다.

"창질 한 번에 100명 가까이를 죽였다고? 지금 나보고 그 말을 믿으라는 소린가?"

붉은 눈물 길드의 부길드장 타로크가 부관의 보고를 들으면서 어처구니없다는 투로 말했다. 간략하게 풀어보면 투쟁의 공터에서 유니크 아이템을 지닌 유저가 나타났고, 다른 유저들이 그것을 뺏기 위해 탐욕을 드러냈다가 한순간에 쓸렸다는 것이었다.

유니크 아이템이 대단하긴 해도 돈이 많다면 바가지를 써서라도 구할 수는 있었다. 예전이라면 어림도 없었겠지만, 시간이 지나면서 유저들이 수준이 높아졌기에 가능했다. 탈로스 본인도 길드의 도움을 받아 두 개를 마련했다. 그렇기에 아이템 자체로는 놀랍지 않았다.

"사실입니다. 현장을 목격한 유저만 수백 명이 넘고, 그중에는 저희 애들도 포함되어 있었습니다."

"난 못 믿겠다. 한곳에 몰려 있었대도 그렇지 어떻게 백 명을 일격에 몰살시켜? 넌 말이 된다고 보냐?"

"저도 말이 안 된다고 봅니다만, 증거까지 나온 마당에 마냥 부정만 할 수도 없습니다."

"증거?"

"이걸 보면 믿기 싫어도 믿게 될 겁니다."

탈로스가 되물었다. 그에 부관은 길드원들이 현장에서 촬영한 동영상을 내밀었다.

─너네, 너무 밀집되어 있다고 생각하지 않니? 그러면 죽이기가 쉽잖아?

동영상은 은신의 망토로 정체를 숨긴 슈타이너가 유저들을 죽이기 직전부터 시작됐다. 쓸데없는 부분을 편집한 것이다.

퍼퍼퍼퍼퍼펑!

"미친!"

탈로스가 벌집으로 변하는 유저들을 보며 경악했다.

어쭙잖은 잔챙이도 아니고 인정받을 만한 199레벨들이 해일에 쓸려 나가는 잔해처럼 보였다. 몇 번이고 재생시켜 확인하고 또 확인했다. 보고 또 봐도 믿을 수가 없었다.

'뭐지? 어디서 본 것 같은데?'

이상했다. 왠지 익숙한 모습이었다. 어디서 봤는지 떠올리려도 도통 떠오르지가 않았다.

"익숙하지 않습니까?"

"어? 맞아. 익숙해. 혹시 누군지 아는 거야?"

"이것도 보십시오."

부관이 몇 개의 동영상을 동시에 재생했다. 안에서는 은신의 망토를 벗어 던진 여러 명의 진짜 슈타이너가 창술의 진수를 보여주고 있었다.

"황금의 학살자!"

"맞습니다. 비슷하지 않습니까? 그들이 알테인에 처음 왔을 때도 이와 비슷한 일이 발생했었습니다. 또한, 눈에 띄는 것을 방지하려고 은신의 망토를 착용한다고 합니다. 알테인에서는 은신의 망토가 흔하기에 일만 안 벌였다면 주목받지 않았을 겁니다."

"뒷조사는 들어갔나?"

"당일 알테인으로 들어온 명단에는 없었습니다. 대신 정체를 숨기고 들어온 자는 일곱 명이 있었습니다."

바하무트 일행은 3,000골드를 냈다.

공식적인 명단에는 기록되지 않음에도 비공식적으로는 돈을 내고 몇 명이 들어왔다는 식으로 기록된다.

"머무는 곳은?"

"찾기는 찾았는데… 접근은……."

부관이 말끝을 흐렸다. 정말 바하무트와 슈타이너라면 내버려 두는 게 상책이었다. 대륙십강을 건드는 건 자살행위였다.

"잘했다. 일단은 파고들지 말고 대기해. 그들이 온 용무야 어둠의 미궁일 테니까."

일을 벌였어도 엄밀히 말하면 붉은 눈물 길드와는 무관했다. 호기심으로 알아보기에는 위험부담이 컸다. 쥐새끼처럼 행동하느니 대놓고 시원하게 물어보는 게 백이면 백 옳았다.

"그건 그렇고, 길드장은?"

"길드장께서는 어둠의 미궁 20층을 공략 중이십니다."

"쳇! 혼자서만 훨훨 날아다니는군."

탈로스가 툴툴거렸다.

그도 지금쯤이면 보고를 받았을 것이다. 그러나 위치가 미궁의 20층이라면 서면 등으로 받았을 게 뻔했다.

"무모한 짓을 벌이지는 않겠지?"

"생각이 깊은 분이시지만… 목표를 향한 집념이 강한 분이시라 솔직히 장담은 못하겠습니다."

"아직은 아니야. 차이가 커."

탈로스가 길드장을 떠올렸다. 그는 붉은 눈물 길드를 알테인에 뿌리박게 만든, 누구나가 인정하는 일등공신이었다. 그러나 집념이 무서울 만큼 강했다. 집념이 강하다는 건 때로는 장점이, 때로는 단점이 되기도 했다. 다른 쪽으로 변질되기 쉬워서다.

'딴마음 먹지 마시구려.'

탈로스가 속으로 되뇌었다. 언젠가는 알테인을 벗어나 벨카 왕국 전역을 집어삼키는 게 붉은 눈물 길드 공통의 목표였다. 그리고 길드장에게는 사적인 목표가 한 가지 있었다. 부디 사적인 목표 때문에 공적인 목표를 잃지 않기를 바랄 뿐이었다.

*　　*　　*

쩌저저적!

녹슬어 울긋불긋한 대부가 지면을 내려찍었다. 단단한 바닥이 충격을 못 버티고 움푹 파이며 파편들이 비산했다.

"버러지 같은 인간 놈들! 잘도 피해 다니는구나!"

손에 잡힌 머리카락 밑으로 시뻘건 눈을 가진 머리가 쇠로 긁는 목소리를 내뱉었다.

210레벨 듀라한 마스터 벨포프 남작.

전제적으로 두터운 중갑을 착용한 기사였다. 머리가 없음에도 덩치가 무려 3미터를 넘어갔다. 머리를 들고 다니는 듀라한의 특성상, 그 모습은 기괴하기 짝이 없었다.

파파파팟!

4명의 유저가 신속하게 벨포프 남작을 포위했다. 본래는 10명이었지만, 계속되는 전투로 6명을 잃어버렸다. 4명은 살짝만 스쳐도 파상풍에 걸릴 것 같은 녹슨 대부에 몇 조각으로 쪼개졌고, 2명은 벨포프 남작의 수하들과 싸우다가 동사했다.

"피하는 것도 능력이라더군."

세트 아이템으로 보이는 붉은 가죽 갑옷을 착용한 남자가 어깨를 으쓱이며 말했다. 그가 들고 있는 검처럼 차가운 인상이었다. 바로 알테인을 지배하는 붉은 눈물 길드의 길드장이었다.

혈검 샤펠라.

일대일 PK대결에서는 패한 적이 없는, 다르게는 인간 도살자라고도 불리는 유저였다.

"크크크크! 그 건방진 주둥이를 찢고 혀를 뽑아주마!

"할 수 있다면."

후웅!

벨포프 남작이 대부를 360도로 회전시켰다. 거센 풍압이 일며 주변을 둘러싼 샤펠라들을 한꺼번에 공격했다.

슈슛!

3명의 유저가 각기 다른 방향으로 흩어졌다. 벨포프 남작은 그럴 줄 알았다며 크게 외쳤다.

"4명밖에 안 남은 것들이 따로 떨어지면 먹이밖에 더 되겠느냐!"

퍼엉!

공기가 터지면서 대부가 날아갔다. 어마어마한 회전력에 먼

거리에 있음에도 샤펠라의 머리카락이 나풀댔다.

쓰거거걱!

콰아아앙!

미처 피하지 못한 길드원 한 명이 대부에 휩쓸렸다.

상체와 하체가 분리되며 비명조차 못 남겼다. 대부는 그러고도 힘이 남았는지 수십 미터를 더 날아가다 벽에 처박혔다.

"무기를 날릴 줄 알았다."

블러디 소드 일식 : 블러디 체인 커터.

샤펠라의 검에서 날카로운 칼날로 이루어진 수십 개의 핏빛 쇠사슬이 빠져나가 벨포프 남작의 전신을 옭아맸다.

끼기기긱!

몸통은 물론이고 팔다리와 머리까지도 칭칭 감았다. 블러디 체인 커터의 절삭력은 단단한 바위도 두부처럼 조각낸다. 그럼에도 벨포프 남작의 중갑과 겉가죽을 잘라내지 못했다. 좌절 등급 작위를 지닌 마족답게 실로 무시무시한 내구력이었다.

"크윽! 이놈! 당장 풀어라!"

벨포프 남작이 당황했다. 당장은 몰라도 이런 상태가 유지된다면 고위마족의 중갑이라도 한계에 달한다. 그렇기에 그전에 풀든가 끊어야 했다. 그런데 조이는 압력과 강도가 대단해서 쉽게 벗어날 수가 없었다. 힘이 조금 들더라도 특단의 조치를 취해야겠다.

퍼어어엉!

다크 오러가 폭발하며 체인을 풀려고 발악했다. 반발력을 느낀 샤펠라가 오러를 끌어 올렸다.

"크윽! 머리를 노려!"

"예!"

퍼퍼퍼퍽!

샤펠라의 수하들이 쓸 수 있는 최강의 스킬로 덫에 걸린 벨포프 남작을 마구 공격했다. 레벨이 비교적 낮음에도 올 레어 아이템의 위력인지 데미지가 제법 들어갔다.

"크아아악! 놔라! 놔!"

"억! 떠, 떨어져! 풀린다!"

"으악!"

콰콰콰쾅!

끝내 폭발을 못 버틴 체인이 박살 났다. 분노에 찬 벨포프 남작이 쏜살같이 움직여서 유저 한 명을 손으로 붙잡고 허리를 쥐어짰다.

워낙 순식간에 일어난 일이라서 피할 겨를이 없었다. 양호하게 유지되던 생명력이 단숨에 바닥으로 곤두박질쳤다. 다른 유저가 동료를 구하려고 팔을 공격했지만, 끄덕도 하지 않았다.

"죽여 버리겠다! 인간 놈들! 죽여 버리겠어!"

스슥.

'끝을 내주지.'

샤펠라가 미쳐 날뛰는 벨포프 남작의 등 뒤로 조심스레 접근했다. 그의 시선은 자신을 공격했던 유저에게로 쏠린 무방비 상태였다. 검 주변의 공기가 회전하며 그 속으로 빨려들었다. 범위는 점차 넓어졌고 살짝 닿기만 해도 찢겨질 듯 광폭해졌다.

후우우우!

블러디 소드 사식 : 블러디 스크류.

피이이잉!

"억? 뭐, 뭐냐!"

"늦었다. 그냥 죽어!"

그제야 벨포프 남작이 뒤에서 느껴지는 기운에 몸을 돌렸지만, 때는 이미 늦었다. 듀라한의 신체 중에서 가장 중요하면서 가장 단단한 부분은 머리이다.

드러난 약점을 지키려면 적의 공격을 버텨내야 했기 때문이었다. 블러디 스크류가 그런 벨포프 남작의 약점을 단번에 꿰뚫었다. 핏빛 회오리가 구강을 통해 들어가 뒤통수로 빠져나왔다.

"커어어억! 크킥!"

샤펠라가 하나 남은 수하에게 눈짓했다. 공격하라는 뜻이었다. 죽을 것 같긴 해도 고위마족이었기에 신중을 기해야 했다.

"에잇!"

콰쾅!

"으아아아!"

마지막 비명을 내지른 벨포프 남작이 쓰러지며 샤펠라를 기분 좋게 만들 알림음을 끊임없이 들려줬다.

띠딩!

5급 퀘스트 어둠의 미궁 20층 돌파, 고위마족의 신체 모으기를 완료하셨습니다.

……

……

"하하하하! 크하하하!"

"축하드립니다! 길드장님!"

샤펠라는 길드원이 하는 말이 입에 발린 소리라는 걸 알았지만 기쁘기만 했다. 드디어 마의 벽이라 불리는 20층을 돌파하고 고위마족까지 죽였다.

S급 퀘스트와 자잘한 퀘스트를 완료해서 3레벨이나 올랐고, 보상은 휘황찬란하기만 했다. 당장 받은 유니크 아이템이 두 개에 바닥에 떨어진 것을 합하면 세 개나 된다.

"이게 대륙십강이 보는 세상인가? 돈 벌기가 이렇게 쉬웠던가?"

누가 보면 2차 전직이라도 한 줄 알겠다.

정답이었다.

샤펠라는 한 달 전에 2차 전직을 끝내고 200레벨에 올라섰다. 199레벨과는 비교하지 못할 기운에 놀라웠었다. 대륙십강과 동등한 조건이 됐다는 짜릿한 희열이 뇌리를 관통하며, 마의 벽을 뚫을 수 있다는 자신감이 샘솟았다. 그리고 목표를 이뤄냈다.

> 편지가 도착했습니다.

샤펠라는 무의식적으로 편지를 확인했다. 그의 부관이 보낸 편지를 가장한 보고서였다.

"뭐?"

편지의 내용은 들떠 있는 기분은 가라앉히기에 충분했고 첨부된 동영상은 더욱 가관이었다.

"슈타이너가 왔단 말인가? 그렇다면 바하무트도?"

부관은 은신의 망토를 썼기에 얼굴을 못 봤다며 정확하지 않다고 했다.

샤펠라는 2차 전직을 하고서야 깨달았다. 199레벨 유저 따위는 길바닥에 뒹구는 돌멩이라는 것을 말이다. 백 명에 가까운 유저를 죽이려면 대륙십강이 아니고선 불가능했다. 그만큼 격차가 심하다는 뜻이었다.

"후후! 유명하신 대륙십강의 두 분께서 오셨단 말이지?"

샤펠라는 의미 모를 말을 중얼대며 깊은 생각에 잠겼다. 길드원은 아이템을 챙겨 그에게 건네줬다. 유니크를 주웠을 때는 먹고 도망칠까도 생각했지만, 포기했다. 붉은 눈물 길드에 가입하면 세이브 포인트를 길드 저택에 하게 된다. 거기에 계약서를 하나 작성해서 함부로 도망치거나 탈퇴하지 못하도록 제약을 걸어둔다. 여기서 먹고 도망쳐 봐야 길드의 손바닥 안이었다.

"돌아가서 재정비를 한다."

"먼저 가서 준비하겠습니다."

"그러도록."

팟!

길드원이 돌아갔다. 샤펠라 역시 곧이어 뒤따랐다. 원래는 이번 퀘스트를 마지막으로 푹 쉬려고 했다.

그런데 재밌는 일이 생겨 버렸다. 아무래도 다시 와야 될 듯싶었다.

27장
어둠의 미궁

어둠의 미궁을 탐험하기로 한 당일이 다가왔다. 알테인의 분위기를 파악한 바하무트 일행은 장비와 보조 물품을 점검했다. 아마란스 영지에서 모자라지 않게 챙겨 왔지만, 해둬서 나쁠 건 없었다. 인벤토리 등은 따로 손대지 않았기에 그대로였다.

"의뢰소와 영주에게 들러야 합니다."

"의뢰소와 영주요?"

"굳이 붉은 눈물 길드가 아니더라도 알테인과 어둠의 미궁은 밀접한 관련이 있습니다. 관련은 곧 퀘스트로 이어지죠."

크라디메랄드는 사탄을 어둠에 미궁에 봉인하고 한 인간에게 그에 대한 감시를 맡겼다. 샤펠라가 어둠의 미궁을 돈 벌이로 이용하는 건 그의 개인적 욕심이었다. 본질적인 의미에는 빗겨 간다.

"저와 슈타이너는 40층까지의 모든 퀘스트를 완료했습니다. 반복 퀘스트는 제외하고요. 아마 80층에 도착할 때면, 브레인 님의 레벨이 200대 중반에 들어설 겁니다."

"그, 그렇게나 많이 올라요? 제가 지금 210레벨인데도요?"

"레벨 차이가 심해 사냥 경험치는 못 받아도 퀘스트 경험치는 본인에게 들어오니 최소 +20레벨은 예상되네요."

바하무트는 330레벨이고 브레인은 210레벨이다. 몬스터를 잡으면 균등하게 분배되지 않고 최소 분배 비율인 10%만 들어온다. 고로 사냥 경험치는 포기하는 게 옳았다.

브레인이 동 레벨의 유저들과 어둠의 미궁으로 들어갔다면 많이 쳐줘도 20층대에서 멈췄을 터다. 그리되면 그만큼의 레벨업이 불가능했다. 그러나 바하무트가 도와주면 그 이상의 층에서 수행해야 하는 퀘스트도 쉽게 완료한다. 한마디로 사냥 대신 퀘스트로 밀어붙이는 거다.

20층 미만의 자잘한 퀘스트는 의뢰소를 통하면 된다. 20층부터는 고위마족의 출몰과 급격한 난이도 증가로 영주가 직접 관리한다.

"형, 가죠."

"브레인 님, 출발하겠습니다."

"네!"

준비를 끝낸 바하무트 일행이 여관을 벗어났다.

＊　　　　＊　　　　＊

브레인은 의뢰소에서 무려 12개의 퀘스트를 받았다. 알테인에 와본 적이 없었기에 그러했다. 모두 완료하면 4~5레벨 정도 오를 것이다.

바하무트와 슈타이너는 반복 퀘스트 몇 개가 전부였다. 그들은 의뢰소를 들르고서 곧장 영주성으로 향했다.

"정지! 여기는 부레논 영주님의 성이다! 용무가 무엇이냐!"

성문을 지키던 병사들이 창을 교차하며 바하무트를 막아섰다. 국가에 소속되지 않는 독립 영지라서 영주에게는 작위가 없었다. 부레논은 알테인을 다스리는 작은 왕이었다.

스윽.

바하무트가 인벤토리 한구석에 처박아뒀던 은패를 꺼내 병사에게 보여줬다. 은패에는 어둠의 미궁 40층을 경험했다는 표시가 적혀 있었다.

"으헉!"

병사의 눈이 튀어나올 듯 커졌다. 이 은패는 세 명에게만 발급됐다.

바하무트와 슈타이너, 이사벨라였다. 부레논은 이들이 찾아오면 막지 말라며 신신당부를 했다.

"드, 들어가십시오! 통과!"

바하무트 일행은 무사히 내성으로 들어갔다. 두 번째로 오는 거라 길 찾기가 한결 수월했다. 부레논을 찾는 건 어렵지 않았다. 그냥 집무실에서 업무를 보는 중이었다.

299레벨 알테인의 영주 부레논.

울티메이트 마스터들을 제외하면 인간 NPC로는 굉장히 높은 편이었다.

처음 그와 마주했을 때는 레벨에 기가 죽어 다소 거북했었다. 그런데 3차 전직을 하니 가소로웠다.

"이게 누구신가! 자네들이 여기는 어쩐 일인가!"

"잘 지내셨습니까?"

"잘 지냈고말고! 허어! 자네 설마?"

부레논이 바하무트를 보며 놀란 기색을 내비쳤다. 3차 전직을 했음을 알아챈 것이다.

"경지를 넘었습니다."

"과연! 자네의 동생도 벽을 눈앞에 뒀구먼!"

브레인은 부레논의 성격을 관찰하다가 파티 음성으로 말했다.

[영주는 멀쩡하네요?]

[샤펠라 놈이 나쁜 거지 부레논은 무난합니다. 그놈은 자신이 유저란 점을 이용해서 문제가 생기지 않게끔 교묘하게 시스템을 이용하죠.]

부레논에게 유저는 신의 축복을 받은 이방인들이었다. 영지 내에서 서로 죽이든 말든 큰 말썽만 안 부리면 내버려 뒀다. 무법도시라도 평범한 NPC들에게는 살기 좋은 고향이었다. 카솔 후작령을 공격하는 것도 붉은 눈물 길드의 독단이니 말 다한 것이다.

[그는 언제고 때가 되면 부레논을 죽이고 알테인을 집어삼키려 들 겁니다. 독립영지이기에 영주만 죽이면 끝납니다. 그것을 노리고 이곳에 터를 잡았다고 보시면 됩니다.]

[부레논이 살모사를 키우는 거군요.]

[정확한 표현입니다. 다만, 현재의 부레논에게 샤펠라는 누구보다 뛰어나고 충직한 신하라는 게 문제지요.]

샤펠라는 달콤한 열매를 따려고 익을 때까지 기다리는 중이다.

그는 여러모로 타마라스와 비슷한 행로를 걸었다. 스스로를 숨기고 충성의 의미로 달마다 거액을 상납했다. 그렇기에 부레논은 그에게 대리영주의 업무를 맡기고는 했다. 신임이 두텁다는 증거였다.

[나중에 알면 땅을 치고 후회하겠네요.]

[저마다 가는 길이 다르니 어쩌겠습니까?]

샤펠라의 게임 플레이를 욕할 수는 없었다. 그는 그의 방식대로 게임을 즐기는 것이다.

[일단 진행하겠습니다.]

파티음성을 끝낸 바하무트가 부레논에게 본론을 말했다.

"어둠의 미궁으로 들어가려고 합니다. 도와드릴 일이 없는지 여쭤보러 왔습니다."

"암암! 해결해 줄 이가 없어서 그렇지 없을 리가 있겠나? 목록을 보여주겠네. 살펴보게."

부레논이 책상에 올려놓은 퀘스트 목록을 바하무트에게 보여줬다. 그가 봐야 효율이 높았다. 슈타이너나 브레인이 보면 능력 부족으로 퀘스트의 숫자가 줄어든다.

'흠⋯⋯.'

많았다. 굉장히 많았다.

각 층을 돌파하는 퀘스트부터 작위를 지닌 마족을 다양하게 잡는 퀘스트까지 별의별 게 다 있었다.

이걸 다 깨려면 몇 달은 걸릴 듯했다.

'나쁘지는 않다. 데이로스를 죽이려면 레벨업이 필요해.'

못해도 300대 중반은 들어가야 반의 확률이라도 기대한다. 솔직하게 말하자면 지금 상태로는 자신이 없었다.

스윽.

바하무트의 시선이 맨 끝 쪽으로 내려갔다. 난이도의 순서대로 나열됐기에 밑에 깔릴수록 어려웠다.

어둠의 미궁 78층의 지배자, 마족 후작 사브노크의 날개 : 등급(SS)

SS등급부터는 히어로 아이템을 준다. 해서 선점하지 않으면 아이템이 날아간다. 아이템 등급 탓에 깰 때마다 줄 수는 없다. S등급의 유니크는 재료를 모아 만드는 식으로 공급했다. 사브노크의 날개와 그전의 몇몇 퀘스트는 아직 정복당하지 않았다.

'흠… 보조 물품을 잘 유지해야겠네……'

어둠의 미궁에서의 보급은 요원하다. 내려가면 갈수록 이어지는 전투에 보조 물품이 떨어진다.

그리되면 마을로 돌아가야 했고, 또 처음부터 시작이었다.

과연 80층까지 어떻게 갈 것인가?

이럴 때 아공간에 보조 물품이 들어간다면 얼마나 좋을까?

아공간은 형평성을 위해 일정 무게 이상의 장비만 집어넣을 수 있었다. 포션이나 스크롤은 넣지 못한다.

'최대한 아껴보자.'

시간이 걸리더라도 전투 후에는 자체 회복 능력으로 버텨봐야겠다.

첫술에 배부를 수는 없었다. 일단은 어디까지 무난하게 내려가는지 몸소 체험해 보려 한다.

*　　　*　　　*

북적북적!

어둠의 미궁의 입구는 유저들로 북새통을 이루었다. 포가튼 사가에 존재하는 199레벨을 죄다 모아놓은 듯했다. 자그마치 수천 명 이상이 저마다 무기를 다듬거나 파티를 구하며 떠들어댔다. 장비 상태도 출중했고 표정에서 자신감이 넘쳐났다.

"엄청나네요."

"어둠의 미궁은 유저들이 선호하는 사냥터 1위입니다. 이쯤은 빙산의 일각일 뿐, 내부로 들어가면 더더욱 대단합니다."

바하무트 일행이 유저들을 헤치면서 나아갔다. 몰려 있다 뿐, 다들 제 할 일 하기에 바빴다. 불의 신전과는 사뭇 다른 모습이었다. 그곳은 개방된 지 얼마 안 된 던전이라 아직 어수선했다. 반대로 이곳은 공략법도 많이 밝혀졌고 질서도 제법 잡혔다.

"형, 저희 몇 층까지 갈 수 있을까요?"

"글쎄… 퀘스트로 계산하면 69층은 갈 것 같아."

퀘스트를 보면 몇 층에서 어떤 작위를 지닌 마족이 출몰할지 미리보기가 가능했다. 69층까지는 백작 등급의 마족이고 70층부터가 후작이었다. 고위 마족 수십을 쳐 죽이면 후작의 얼굴을 구경한다. 하물며 78층의 사브노크는 그런 후작 넷을 거쳐야 했다.

"토 나온다, 토 나와."

"세 번 도전해서 안 되면 너 3차 전직 먼저 하자. 미련하게 붙들고 있어 봐야 우리만 손해니까."

슈타이너의 창술 숙련도가 85%를 넘어섰다. 넉넉잡아 한 달이면 된다. 라미아 족장의 부러진 창만 깨면 3차 전직이었다.

"제가 3차 전직하면 78층까진 쉽겠죠?"

"당연하지."

바하무트가 고개를 끄덕였다. 공작이면 몰라도 후작 따위가 자신들의 합공을 견뎌낼 리 없었다.

"브레인 님, 잘 부탁드립니다."

"저야말로요."

어둠의 미궁의 미로는 삼 일을 주기로 바뀐다. 길잡이를 고용하지 않으면 미로에 갇혀 버린다. 브레인은 소수의 맵퍼 중에서 유일한 2차 전직 유저인 마스터 맵퍼였다. 지도제작과 지역탐색 스킬을 활성화시키면 반경 1킬로미터 내를 훤하게 꿰뚫는다.

전투를 하지 않는대도 이번 미궁행에서 그가 차지하는 비중은 대단했다. 그의 유무에 따라 편할지 불편할지가 결정된다. 걷다 보니 어둠의 미궁으로 들어가는 시커먼 통로가 나타났다. 악마가 떨어지면 헤어나지 못한다는 무저갱이 문득 떠올랐다.

'무저갱이라… 적절하네.'

마족이 봉인된 곳이니 딱히 틀린 말은 아니었다.

"수금하겠다."

"세 명."

바하무트가 수금하러 다가온 붉은 눈물 길드원에게 1만 골드를 건네줬다. 그러자 상대가 1,000골드를 거슬러 줬다.

한 사람당 무려 3,000골드였다. 터무니없이 비싸지만 죽지 않는다는 전제하에 한 번 들어가서 며칠 푹 썩으면 두 배는 뽑아서 나왔다. 그렇기에 여태까지 잘 유지됐다.

"수금 완료! 통과!"

길이 열리자마자 바하무트 일행이 무저갱 속으로 발을 내디뎠다. 고대하던 어둠의 미궁이었다.

*　　　*　　　*

뛰어난 실력과 장비를 갖춘 유저가 동 레벨의 시련 등급 몬스터와 싸워서 이길 확률은 반반이다. 어둠의 미궁은 파티밖에 못 맺는다. 그 때문에 악몽 한 마리와 시련 서너 마리만 나타나도 전력을 다해야 한다. 재수가 없어서 악몽이 서너 마리면 전멸이었다.

이런 일은 비일비재했다.

더욱 심각한 문제는 적이 몬스터뿐만이 아니란 것이다.

무법도시 알테인임을 잊어서는 안 된다. 이곳에서 유저는 몬스터와 다르지 않았다.

도플갱어.

마족의 한 종류지만, 미궁 내부에서는 뒤치기를 일삼는 유저를 지칭하는 단어였다.

특히 암살자들이 판을 쳤다. 그들은 어둠에 동화되기에 찾기도 어렵고 성가셨다.

"벌써 네 번째네요."

브레인이 말했다.

유저들이 죽으면서 흘린 아이템들이 널브러져 있었다. 좋은 건 주워 가고 싸구려와 무거운 것들만 남겨놨다.

"도플갱어 놈들, 날아다니는구먼."

슈타이너가 창을 들어 바닥의 장비를 콕콕 찔렀다. 그는 뒤치기로 죽으면 기분이 얼마나 더러운지를 몸소 체험한 장본인이었다.

"안 되겠다. 브레인 님을 중심에 두고 내가 앞, 네가 뒤다."

"맡겨만 주세요."

바하무트와 슈타이너는 괜찮지만, 브레인은 생명력이 적은 편이었다. 크리티컬로 대여섯 방이 연달아 터진다면 죽기 일보 직전까지 갈 것이다. 도플갱어들은 가장 약해 보이는 한 놈을 먼저 끝낸다. 통상 풀 파티로 몰려다녔기에 브레인은 단숨에 골로 간다.

"이동하자."

현재 위치는 어둠의 미궁 5층이었다. 진정한 시작이 20층임을 감안하면 갈 길이 멀었다.

우웅!

둥둥 떠다니는 마정석 세 개가 빛을 내뿜으며 한 치 앞도 내다보기 힘든 시야를 환하게 밝혀줬다. 반경 10미터 내로는 낮과 같은 환경을 제공해 줬다.

횃불 가격의 수백 배를 호가하는 마정석 광구였다. 내구도를 깎아먹지 않고 마력만 제때에 충전해 주면 불편함 없이 사용한다. 이것이 없다면 유저 본인의 마력을 이용해서 시야를 확보해야 했다. 그리되면 소모량이 대단했기에 생존에 대한 여건이 불리했다.

어둠의 미궁을 찾는 유저들은 포션이나 스크롤은 곧잘 챙기지만, 기본적은 물품을 깜빡하는 경우가 가끔가다 있었다. 횃불도 그중의 하나였다. 전투를 할 마력도 부족한 상황에서 시야 확보를 위해 마력을 소모한다는 건 참으로 어리석은 짓이었다.

흐으으으.

어디선가 흐느끼는 소리가 들려왔다. 브레인은 솜털이 곤두서는 감각에 한마디 했다.

"어휴, 으스스하네요."

"마족을 봉인한 장소입니다. 현실이면 유령의 집이겠군요. 분위기가 좋다면 그게 더 언밸런스하겠지요."

축축하고 음습했다.

유저들의 공포심을 유발하려고 지하실과 감옥 곳곳에서 공격 능력이 없는 망령들이 갑작스레 튀어나오기도 했다. 브레인도 1층에서 처음 당했을 때는 게거품을 물었다. 그나마 지금은 익숙해진 상태라서 깜짝깜짝 놀라는 정도에서 그쳤다.

띠딩!

전방에 헬 하운드 12마리가 출몰합니다.

브레인의 지역탐색 스킬에 몬스터의 움직임이 감지됐다.

헬 하운드는 체력은 약해도 타고난 민첩성과 근력으로 원거리 유저들에게 천적과도 같았다.

"오리지널 헬 하운드입니다. 수는 12마리."

"쉽네요."

콰직!

크르르르!

기형적으로 발달된 골격과 근육, 붉은 가죽에서 뜨거운 열기를 발산하는 황소만 한 크기의 헬 하운드가 흉악한 얼굴을 들이밀었다.

침을 질질 흘리는 게 흡사 광견병에 걸린 개 같았다. 날카로운 발톱으로 벽을 긁어대며 존재감을 과시했다. 저런 괴물이 실존하면 호랑이나 사자도 한입에 물어 죽이겠다. 숫자가 숫자인만큼 평범한 풀 파티였다면 개고생을 겪고서야 쓰러뜨렸을 것이다.

"헬 하운드 종류에서 제일 잔챙이가 튀어나오네. 킹 아니면 제너럴이 적당한데 말이야."

슈타이너가 불평불만을 늘어놨다.

한 종족이라도 레벨에 따라 뒤에 붙는 명칭이 달라졌다. 헬 하운드도 마찬가지였다. 킹과 제너럴이면 200레벨 초중반이었다.

나타나는 순간 유저들에게는 날벼락이 떨어진다. 그런 놈들은 아무렇게나 돌아다니지 않고 한곳에서 거주한다. 그러나 한번 움직이면 수하들을 떼거리로 몰고 다녔다. 레이드를 하려면 포스 단위는 필요했다. 아이템에 눈이 멀어 달려들기에는 위험부담이 컸다.

"초입부터 그런 게 튀어나오면 유저들이 마음 놓고 사냥이나 하겠어? 들어올 때마다 죽어나가겠다."

바하무트가 말을 하며 걸어 나갔다.

전방은 그의 몫이었다. 맡은바 위치를 고수하기로 했기에 슈타이너는 구경만 했다.

폭화 언령술 : 이 조합 스킬.

불타오를 첨(沾), 번질 람(濫).

첨람(沾濫) : 불타 번져라.

화르르륵!

첨람의 파도가 헬 하운드들을 훑고 지나가며 순식간에 태워 죽었다. 간결하고 신속했다. 공격력은 약해도 조용했기에 눈에 띄지 않기에는 제격이었다.

헬 하운드는 골드와 가죽 몇 장을 떨궜다. 바하무트 일행은 골드를 줍고는 걸음을 재촉했다.

특별한 일이 생기지 않는다면 이런 상황이 80층까지 유지될 것이다. 죽이고 줍고, 죽이고 줍는 반복 행동이 말이다.

*   *   *

어둠의 미궁 9층의 어느 곳.

열 명을 꽉 채운, 한 무리의 유저가 5미터가 넘는 거인을 겨우거우 상대하고 있었다. 탱커를 맡은 수호자와 여러 직업이 섞인 딜러, 맵퍼 계열의 지리학자, 성직자들로 구성된 꽤 균형 잡힌 파티였다. 오랫동안 함께했는지 손발이 잘 맞는 편이었다.

200레벨 어보미네이션 구울.

죽은 생명체의 시체를 종류에 관계없이 아무렇게나 붙여놓은 모습은 소름 끼치도록 혐오스럽고 흉측했다. 언데드 계열 몬스터인 구울의 변종으로 악몽 등급답게 강력했다.

"진형을 유지해! 밀리면 안 돼!"

"아! 힐 줘!"

"제길! 못 본 척하고 갈 걸 그랬나?"

"버텨! 조금만 버티면 이길 수 있다!"

전투를 오랫동안 지속했는지 다들 상태가 안 좋았다. 장비는 내구도에 따라 모양이 변한다. 걸레짝까지는 아니더라도 찢어지고 구겨진 흔적들이 수두룩했다. 대충 봐도 내구도가 반 이하로 떨어진 듯했다. 만약 0이 되면 장비가 파괴되어 복구하지 못한다.

크어어어!

어보미네이션 구울의 육체에 달린 생명체들의 머리에서 녹색의 연기가 스멀스멀 새어 나왔다.

그것을 본 탱커가 기겁하며 외쳤다.

"컥! 시독 배출한다!"

"원소술사! 속성 방어 결계! 성직자! 성스러운 방패 쓰고 정화마법 준비! 모두 한곳으로 모여!"

파티장의 빠른 명령 하달에 원소술사와 성직자들이 마법을 캐스팅했다. 방어 결계와 성스러운 방패가 중첩되며 시독에 대비를 했고 곧 막대한 양의 시독이 배출됐다.

푸우우우!

시독과 더불어 걸쭉한 액체와 살점들이 방어 결계를 뒤덮었다. 산성 효과도 있는지 타는 소리마저 들렸다. 저 더럽고 불쾌한 시독을 고스란히 맞으면 탱커라도 얼마 못 버티고 녹아내린다. 넓은 범위까지 퍼지기에 까닥 잘못하면 파티 전체가 전멸한다.

"정화!"

시독 분출이 끝남과 동시에 성직자가 정화 마법으로 독기를 제거했다. 남겨 두면 중독 데미지를 입는다.

"딜레이 걸렸다! 몰아붙여!"

콰콰콰쾅!

퍼퍼퍼퍼!

어보미네이션 구울은 시독 분출 같은 큰 공격 이후에 몇 초 정도 움직임을 멈춘다. 그때가 단숨에 숨통을 끊어버릴 기회였다.

꾸어어엉!

쿠웅!

누적된 데미지 탓인지 어보미네이션 구울이 유저들의 집중 공격에 무릎을 꿇었다. 죽을 때가 다 돼서다. 결국 구울은 생명력을 초과하는 공격에 아이템을 토해내고 사라졌다.

"으아! 징그러웠다!"

"맞아!"

"그래도 우리 많이 성장했어! 200레벨 악몽을 잡았잖아!"

훌륭한 파티였다. 199레벨과 200레벨은 1레벨 차이라도 능력이 두 배 이상 차이난다. 대부분 어보미네이션 구울 레이드는 두 개 파티가 연합한다. 한 개 파티로 잡았다는 건 소속원들이 어디 내놔도 빠지지 않을 실력과 감각을 겸비했음을 뜻했다.

"대박이다! 초대박이다!"

"뭐야!"

"뭔데?"

파티장의 말마따나 초대박이 맞았다. 좌절 정도의 몬스터를 잡으면 유니크를 꼭 준다. 악몽은 잘해봐야 레어 한두 개로 입을 닦는다. 그런데 이놈은 유니크 두 개, 레어 세 개, 매직 일곱 개를 떨궜다. 경우의 수를 떠올리면 불가능한 확률이 걸린 것이다.

"우오오오!"

"유니크가 두 개다!"

"이, 일단 안전지역으로 돌아가자. 여긴 너무 불안해."

알테인에서의 대박은 항상 조심해야 했다. 파티장이 아이템을 주우려고 몸을 숙였다. 다들 말리지 않았다. 그들은 현실에서 십 년 이상을 알고 지낸 친구였다. 부모님끼리도 서로 안면을 트고 지냈다. 서로 믿을 수밖에 없는 사이인 것이다.

파팟!

푸욱!

"꺄아아악!"

"씨발! 도플갱어들이다!"

네 명의 암살자가 어둠 속에서 튀어나와 성직자를 공격했다. 게임에서 적을 죽일 때 힐러는 표적 일 순위였다.

다른 놈들부터 공격하면 금세 생명력이 복구되고 축복마법까지 받으면 상황이 복잡해진다.

"형! 애들 살리긴 늦었어! 아이템이라도 주워!"

"이익!"

파티장이 동료들을 뒤로하고 아이템에 손을 뻗었다. 재수 없게 풀 파티의 도플갱어에게 걸렸다. 수준도 최상에 속했다. 뒤치기로 성직자를 잃었기에 전세가 기울었다.

써걱!

"끄아아악!"

"노노! 노력은 너희가, 보상은 우리가."

말 같지도 않은 개소리를 짓거린 도플갱어 유저가 아이템을 주우려던 파티장의 손을 잘라 버렸다.

"뭐… 야, 이거? 꿈이야? 유니크가 두 개? 와우! 뭐야? 일생일대의 대박이잖아? 애들아! 고이 보내 드려라!"

"개새끼들아!"

"죽여 버리겠어! 씨발 놈들아!"

"어째 꿈이 좋다더니, 이런 행운이! 하하하하"

유저들이 죽어가며 온갖 저주와 악담을 퍼부었다. 도플갱어들은 남의 눈에서 피눈물을 쏟게 만들고도 무엇이 그리 좋은지 지하공동이 터지도록 웃어댔다.

욕 같은 건 하든 말든 상관없었다. 하루 이틀 듣는 소리가 아니라서 짖으라는 식으로 흘려들었다. 찰나의 시간이 흐르고, 모든 유저를 정리한 도플갱어들이 한곳으로 모여들었다.

"하나는 내가 갖는다. 남은 유니크와 레어, 매직은 너희끼리 알아서 분배해라."

"알겠습니다!"

"너무 과한 것도 안 좋으니, 오늘은 이만하고 내일 그곳에서 본다."

"들어가십시오!"

도플갱어 대장이 알테인으로 돌아갔다. 다른 도플갱어들도 잠시 대화를 나누다가 하루를 마무리했다.

*   *   *

모든 던전의 입구에는 안전지역이 존재한다. 이는 몇 층에서 끝날지 모르는 어둠의 미궁도 마찬가지였다.

크기는 가로세로 50미터가량으로, 수백 이상의 유저를 수용하기에는 협소했다. 그렇기에 붉은 눈물 길드는 그 공간을 최대한 활용하기 위해 머리를 썼다.

현실의 아파트처럼 높이가 허락하는 한 2층 3층으로 조립식 건물을 만드는 것이었다.

층과 층 사이에 3미터의 차이를 둬서 3층으로 쌓아 올렸다. 그리하니 천 단위의 유저도 능히 수용하는 커다란 휴식처로 탈바꿈했다. 이 또한 따로 이용비를 내야 했지만 무리되는 금액은 아니었고, 어느샌가 당연하다는 습관처럼 굳어졌다.

"이제 9층이네. 지겹다, 정말."

슈타이너가 침대에 누운 상태로 하품을 했다. 이틀 동안 쉬지 않고 이동했는데도 겨우 9층이었다.

이런 속도라면 어림잡아 사나흘 후에는 20층에 도착한다. 그리고 21층에 발을 들여놓는 순간부터 진정한 미궁 탐험이 시작된다. 보급도 끊기기에 여러모로 골치가 아플 것이다.

[가자, 내려와라.]

[갈게요.]

1층에 있던 바하무트가 슈타이너를 불렀다. 슈타이너는 언제 게을렀냐는 듯 재빠르게 일어나서 내려갔다.

"오늘은 13층까지 간다."

"예!"

바하무트 일행이 바깥으로 나가려 할 때였다.

붉은 눈물 길드에서 큰돈을 들여 설치한 세이프 포인트에 유저들이 접속했다. 접속한 자체는 하루에도 수십 번씩 보는 현상이라 놀랍지 않았다. 놀라운 건 그들의 행동이었다.

"엉엉! 오빠! 엉엉!"

"씨발, 씨발!"

"억울해! 억울하다고!"

바하무트가 알 리는 없겠지만, 그들은 어제 어보미네이션 구울을 잡고 유니크 두 개를 먹을 뻔한 파티였다. 그런데 행복도 잠시, 하이에나 같은 도플갱어들에게 모든 것을 빼앗겼다. 금액으로 계산하면 최소 3,000만 원이 넘어갔다. 미치지 않고서는 못 배긴다.

[도플갱어들에게 당했나 보네요.]

[PK도 엄연히 게임을 즐기는 하나의 방법이지만… 저런 걸 보면 씁쓸하네.]

불의 신전에서 레이란과 니쿠룸에게 당할 뻔했던 기억이 새록새록 솟아났다. 기분이 더러웠다.

저들의 심정이 지금 그러할 것이다.

"그만… 하자."

"도플갱어들 깡그리 잡아버리죠? 도저히 화가 나서 안 되겠어요. 어제 잠을 한숨도 못 잤다고요!"

"그래요! 레어랑 매직은 둘째 쳐도 유니크 두 개였어요! 아, 진짜!"

유저들은 도플갱어를 찾아다니자고 파티장을 설득했다. 파티장은 이러지도 저러지도 못했다.

[형, 저들 말을 들어보면 9층에서 보스 한 마리 잡고 유니크 두 개가 떨어졌다는 건데, 그게 가능해요? 꿱해야 악몽 아닌가?]

[확률상으로는 거의 불가능해. 좌절도 한 개는 몰라도 두 개

는 잘 안 떨궈. 악몽은… 쯧! 이성을 잃을 만하네.]

유니크 두 개를 잃어버렸다면 바하무트라도 화딱지가 났을 것이다. 하물며 PK로 죽었다면 기절한다.

[안쓰럽긴 해도 저들은 저들, 우리는 우리다.]

바하무트가 안전지역을 벗어났다.

슈타이너와 브레인도 유저들을 불쌍하게 쳐다보고는 다시는 그런 일이 생기지 않기를 빌어줬다. 특히 브레인의 표정이 어두웠지만, 바하무트와 슈타이너는 눈치채지 못했다.

* * *

'왜 저러시지?'

바하무트가 브레인의 안색을 살폈다. 몇 시간 전부터 그의 표정이 우울했다. 인식하기 시작했을 때부터 그랬는지, 그 전부터 그랬는데 몰랐던 건지는 모르겠다. 항상 밝았던 사람이 갑작스레 변하니 신경이 쓰였다. 직접 물어보려다가 약간 돌아가기로 했다.

[슈타이너.]

[네?]

[너, 브레인 님 표정 봤지?]

[아… 네. 형 먼저 가셔서 잘 모르시죠? 안전지역 나오고 나서인가? 아마 그쯤일 걸요?]

서로의 위치상 바하무트는 브레인에게 등을 보이면서 걷지만, 슈타이너는 등을 보면서 걷는다. 마음이 어수선하면 행동으로 표현되게 마련이었다.

힘없이 걷는다거나 딴생각을 한다거나 하는 등 말이다. 브레인은 맵퍼로써의 역할을 충실히 수행하면서도 틈틈이 시간이 나면 깊은 생각에 빠져들어 멍을 때렸다.

[짐작 가는 거 있어?]

[아니요. 이렇다 할 문제는 없었잖아요.]

[적당한 곳에서 쉬면서 물어보자.]

바하무트는 한적한 곳을 골라 임시 캠프를 설치했다. 내부에 있던 몬스터는 손쉽게 처리했다.

대화가 단절되고 분위기가 침체되어 묘하게 거북했다.

브레인의 고민이 현실에서 비롯됐다면 큰 도움을 주기 어려웠다. 반대로 가상이라면 가능하다.

화르르륵.

모닥불이 피며 불을 중심으로 세 명이 둘러앉았다. 불이 붙는 순간 묘한 분위기가 연출됐다. 불빛 덕분에 얼굴의 움직임이 세세하게 보였다. 역시나 브레인은 의기소침해 있었다.

"브레인 님."

"아, 네."

"무슨 일이 있으십니까?"

"…죄송합니다. 옛날 생각이 떠올라서 그랬습니다."

브레인은 바하무트의 의도를 금세 파악하고 한 차의 머뭇거림도 없이 사과했다. 자신도 모르게 파티 전체에 피해를 준 것이다.

"죄송할 일이 아닙니다. 그냥 왜 그러시는지를 알고 싶습니다."

"에구……."

브레인이 모닥불에 나뭇조각을 던지면서 말을 시작했다.

"헬렌비아 제국의 붉은 숲을 아시나요?"

"들어봤습니다. 공식 PK장소로 지정된 곳 아닙니까?"

"맞아요. 붉은 숲은… 핏빛 살인마 길드의 홈그라운드죠. 이곳 알테인과 환경이 비슷합니다."

"레드 킬러?"

대화를 듣던 슈타이너가 그제야 생각났다는 듯 박수를 쳤다. 바하무트와 그는 소문으로만 들었을 뿐, 직접 가본 적은 없었다.

붉은 숲.

헬렌비아 제국 남단에 존재하는 말 그대로 붉은 나무들로 가득 채워진 숲이다. 시놉시스에 의하면 과거 그곳에서 수많은 사람이 처형당했단다. 그 피와 살을 양분으로 쓴 나무들이 피처럼 붉게 자랐고, 제국에서는 불길하다며 공식 PK장소로 지정했다.

핏빛 살인마 길드, 레드 킬러.

핏빛 살인마 길드는 그 붉은 숲은 주 무대로 활동하는 PK집단이다. 몬스터가 아닌 유저 사냥으로 경험치를 얻어 레벨업을 한다. 아이템도 인간형을 상대하는 데 특화돼서 평범한 사냥으로 게임을 즐기는 유저들보다 두 배 이상 강하다고 정평이 나 있었다.

알테인은 샤펠라와 붉은 눈물 길드의 주도하에 무법도시로 변했지만, 붉은 숲은 그자체로 무법이 판을 쳤다. 그럼에도 알테인의 악명이 더 높은 이유는 PK가 불법이어서다. 그리고 레드 킬러는 핏빛 살인마 길드원들을 총칭해서 부르는 단어였다.

"붉은 숲에 들어가서 죽으면 어디 가서 하소연도 못합니다. 들어간 사람이 병신 취급을 당하거든요."

"위험하다며 출입금지를 내렸는데 어기고 들어가는 것과 같군요."

"예. 적절한 표현입니다. 하지 말라고 했는데도 했다면, 한 게 잘못이지요. 뒤늦게 후회해 봐야 늦습니다."

유저가 유저를 죽이는 이유?

간단하다.

50% 확률로 지닌 아이템 중 가장 좋은 것이 떨어지며 몬스터의 몇 배나 되는 경험치를 준다.

위험부담이 큰 만큼 보상도 대단했다. 중독되면 늪처럼 다리를 휘감는 게 PK다. 어쩌다가 본인의 즐거움을 목적으로 그러는 이들도 있었지만, 극소수에 불과했다.

"붉은 숲에 들어갔었습니다."

"브레인 님이요? 브레인 님은 맵퍼잖아요?"

슈타이너가 눈을 깜빡거렸다. 브레인은 전투 능력이라고는 눈곱만치도 없는 맵퍼였다. 지역탐색 스킬을 적절이 사용하면 죽지는 않겠지만, 남을 죽일 능력은 없었다.

"친구가 있었습니다. 신앙심이라고는 개뿔도 없는 놈이 전쟁의 신 아레스를 모시는 성기사로 전직했죠."

"그거 까다롭다고 들었는데……."

아레스의 사제가 되는 일은 고행의 연속이었다. 성기사는 검과 신성 마법을 동시에 익히기에 기본 직업이 듀얼 클래스로 들어간다. 슈타이너처럼 따로 배우는 게 아니었다. 더구나 신성 계열은 돈을 돈대로 먹어 재력이 부족하면 제대로 키워내지 못한다.

"어찌어찌해서 잘 키워내더군요. 아시다시피 성기사가 밸런스가 좋지 않습니까? 녀석은 늘 아이템 탓을 했습니다. 아이템만 좋으면 훨씬 강해질 수 있다고……."

"현질이군요."

바하무트가 말했다. 게임과 현질은 떼려야 뗄 수 없는 관계였다. 원하는 아이템을 얻는 가장 쉬운 방법은 단연코 현질이었다. 수도 없이 해봤기에 그 편안함을 잘 알았다.

"그 멍청한 녀석이 집 전세를 빼서 올 레어인 하얀 용기 세트를 구매했습니다. 한 부위씩 팔던 걸 웃돈까지 얹어주며 샀더군요. 시세는 일 년 전을 기준으로……."

"켁! 하얀 용기 세트? 그것도 일 년 전 시세에 웃돈을 주고?"

그 당시의 하얀 용기 세트는 성기사 장비의 종결자라고 불릴 정도로 대단한 가치를 지녔었다.

지금은 수량이 풀려서 내려갔어도 일 년 전이면 부위 당 400~500만 원에 세트는 최소 3,500만 원이었을 것이다. 그런데다가 웃돈이라면 서민이 감당할 금액을 훌쩍 넘어간다.

"두 분 같은 부자였다면 걱정하지도 않았을 겁니다. 그러나 이미 산 거 잘 활용해서 본전을 뽑으라고 충고를 해줬습니다."

"그 일이 붉은 숲과 관련이 있는지?"

"초반 두 달은 열심히 사냥을 해서 많은 돈을 벌었습니다. 꾸준히만 유지하면 괜찮을 듯했지요. 그런데 한번 아이템에 눈이 머니 정신이 나갔는지, 몇몇 파티와 아레스의 전쟁 영혼 퀘스트를 수행하러 붉은 숲에 들어갔습니다. 말려도 듣지를 않았기에 저도 길 안내를 위해 따라갔고요."

"이런… 그거 성공한 유저가……."

"아레스의 신도가 아니라면 수락 제한에 걸려서 아직까지도 완료한 유저가 없습니다."

"플레이 포럼에 뜬 거 읽어보면 2차 전직 아니면 어림도 없겠던데……."

아레스의 전쟁 영혼은 악명 높은 함정 퀘스트였다.

아레스 교단의 교리는 생명보다 전쟁을 우선에 둔다. 풀어 말하자면 살리기보다 죽이라는 뜻이었다. 한 번도 패배하지 않고 천 명의 영혼과 싸워야 한다. 이기면 보상으로 유니크 아이템 하나를 줬기에 초반에는 선풍적인 인기를 끌었다.

"아무나 죽일 수는 없어서 붉은 숲의 레드 킬러를 표적으로 정했고, 진행은 순조로웠습니다."

"그거 999번을 죽이고 한 번만 죽어도 초기화되죠?"

"네. 레드 킬러들도 자신들을 찾아오는 아레스의 신도들을 상대로 물러서지 않고 싸웠습니다. 전세는 팽팽했지만, PK를 직업으로 삼는 이들과 아닌 이들은 정신 상태에서부터 차이가 나더군요. 원정대는 떨어지는 레벨과 아이템에 지쳐 하나둘 포기했습니다."

"친구가 끝까지 포기하지 않고 싸우다가 아이템 전부 떨구고 게임 접었다는 말인가요?"

슈타이너가 결말을 예상했다.

안 봐도 훤했다. 포가튼 사가에는 잘못된 판단으로 나락에 떨어지는 유저들이 수두룩했다.

"차라리 그랬으면 마음이라도 편했겠네요."

스윽.

브레인이 인벤토리에서 하얀색 아이템 하나를 꺼내 들었다. 일곱 부위로 나눠진 하얀 용기 세트의 장갑이었다.

"어? 하얀 용기의 장갑?"

"유품입니다."

"네?"

"유, 유품?"

바하무트와 슈타이너가 당황했다. 유품은 고인이 살아생전에 사용하다 남긴 물건을 뜻한다.

"그 녀석은 아레스의 전쟁 퀘스트를 수행하다가 하얀 용기 세트의 일곱 부위 중 여섯 부위를 떨군 충격으로 자살했습니다. 죽기 직전, 저에게 이 장갑 하나를 주고서요."

"……."

말문이 막혔다. 뭐라 대답하야 할지 난감하기만 했다.

"알테인에 와서 유저들이 처형당하고 PK를 한다고 했을 때는 이상하게도 친구 녀석이 생각나지 않았습니다. 그냥 처음 보는 광경에 신기하기만 했죠. 그런데 아까 도플갱어에게 뒤치기를 당해서 아이템을 떨군 유저들을 보고부터 마음이 심란해지더군요."

브레인이 하얀 용기의 장갑을 다시 인벤토리로 집어넣었다. 바하무트는 그 일련의 과정을 조용하게 지켜봤다.

말하기 어려웠을 것이다.

스스로 상처를 끄집어낸다는 건 정말 큰 용기를 필요로 한다.

"저 때문에 분위기가 더 가라앉았군요. 다시 한 번 사과드리겠습니다."

"아닙니다. 저희에게 그런 이야기를 해주신 게 오히려 기쁘군요. 음, 이왕 이렇게 된 거… 서로 숨기고 싶은 비밀 하나씩 말해볼까요?"

"비밀이요?"

"혼자만 말씀하셨으니, 저와 슈타이너도 분위기를 맞춰 드리겠습니다."

"아니, 저는 괜찮……."

"슈타이너, 네가 먼저 할래? 형이 먼저 할까?"

바하무트가 브레인의 말을 끊고는 슈타이너를 쳐다봤다.

슈타이너는 허공으로 시선을 돌려 무슨 말을 할지 곰곰이 생각했다. 떠오르는 이야기가 없었다.

"타마라스 이야기를 해라."

"형?"

"싸매면 곪는다."

"…형은 무슨 이야기 하실 건데요?"

타마라스와 관련된 이야기는 죽어도 말하기 싫었다. 바하무트가 아니었다면 입에 창을 꽂아버렸을 것이다.

"내 가족사?"

"헛? 가족사요?"

바하무트는 그보다 두 살 많은 스물아홉으로 서울 최고 상권의 한복판에 세워진 블랙 시티의 건물주였다.

엄청난 재산가여서 늘 궁금했다. 어찌하면 그처럼 젊은 나이에 남들이 우러러볼 위치에 서게 되는지를 말이다. 물어봐도 대충 둘러대기만 해서 그러려니 했는데, 오늘에야 그 궁금증이 풀릴 것 같았다.

"좋습니다!"

고민하던 슈타이너가 결정을 내렸다.

그날, 브레인의 고백에서 시작된 대화의 장은 그들 세 명의 친분을 한층 두텁게 만들어주는 계기가 됐다.

* * *

스르르릉!

샤펠라가 간이 도구로 검을 손질했다. 널찍한 공동에 쇠 갈리는 소리가 울리면서 스산함을 더해줬다.

그의 옆으로 수백 명의 길드원이 도열해 있었다. 포스를 맺지 못해도 편법은 존재하게 마련이었다. 길드로 묶인 유저들은 근접해서 사냥하면 극소량의 경험치를 나눠 받는다. 그 점을 이용하면 파티로 제한된 어둠의 미궁 내에서도 몰려다니는 게 가능했다.

"9층 안전지역에서 벗어났다고 합니다."

"한참 남았군."

부관의 보고에 샤펠라의 움직임이 멈췄다.

그는 알테인으로 돌아가자마자 정체를 숨긴 채 활동하는 유저들을 조심스레 조사했다. 범위는 점차 좁혀졌고, 바하무트 일행으로 추정되는 세 명을 제외한 모두를 확인했다.

마음 같아서는 그들마저 확인하고 싶었지만, 함부로 대할 상대가 아니었기에 꾹 참았다. 하여 각 층의 안전지역을 관리하는 간부들에게 은신의 망토를 착용한 유저들의 이동 경로를 보고하라 해놨다. 한 층씩 내려갈 때마다 몇 층에 있는지가 보고됐다.

현재 샤펠라와 길드원들의 위치는 21층.

고위마족의 재생성 시간은 이틀이 걸렸다. 그 틈에 길드원들을 내려 보내고 다른 유저들의 출입을 통제했다. 원성이 자자했지만 묵살했다. 한 것도 없으면서 대가를 바라다니, 솔직히 21층부터는 난이도가 급상승해서 내려와도 얼마 못 버티고 죽을 것이다.

"음?"

"왜 그러지?"

부관의 행동이 이상하자 샤펠라가 물어봤다.

"새로운 정보입니다. 도플갱어 놈들이 9층에서 유니크 두 개를 먹었다고 합니다."

"9층에서?"

"어보미네이션 구울을 잡고 떨어진 아이템을 강탈했다는군요. 꽤 핫한지, 9층이 난리랍니다."

"200레벨 악몽 따위가 유니크 두 개를? 허! 숨이 넘어가겠군."

"안 그래도 강탈당한 파티가 도플갱어들을 죽이려고 미궁을 쑤시고 다닌답니다."

"쓸데없는 짓이다."

아이템을 강탈한 도플갱어를 발견해도 되찾기란 요원했다. 죽이기는커녕, 반대로 죽을 것이다.

도플갱어는 아무나 되지 못한다.

남들이 손가락질하며 헐뜯어도 실력만큼은 진짜였다. 샤펠라도 도플갱어들과 서로 건들지 않기로 협약을 맺었다. 그 때문에 길가다 마주쳐도 모른 척하고 지나갔다.

"가만있자… 도플갱어?"

기발한 생각이 떠올랐다. 도플갱어들을 이용해서 바하무트 일행을 건드려 보는 것이었다.

"길드 애들 중 쓸 만한 길잡이와 암살자들을 추려 풀 파티를 만들어라. 죽어야 하는 임무다."

"추리겠습니다."

샤펠라는 부관에게만 자신의 계획을 말해줬다.

계획을 들은 부관은 다소 위험할 거라 판단됐지만, 까라면 까는 게 그의 직책이었다.

'얼마나 강해졌는지 볼까? 이 나를 어디까지 끌고 내려가 줄지 궁금하군.'

터억.

샤펠라가 자리에서 일어나 전투 준비를 했다. 길드원들도 전열을 정비했다. 칼부림의 시간이 돌아왔다.

크으으으!

보통의 유저보다 머리 하나는 큰 인간형 몬스터 수십 마리가 연기 속에서 태어났다. 터질 듯이 꿈틀되는 근육과 스멀스멀 피어오르는 검은 기운이 사뭇 범상치 않아 보였다.

숫자가 적다고 무시하면 안 된다.

놈들은 199레벨 악몽 등급의 데빌 맨이었다. 겉모습처럼 근접에서 치고 박는 전투 스타일을 지녔다. 각각의 개체가 실력 있는 무투가의 싸대기를 후려칠 정도로 강했다.

크어어엉!

그리고 데빌 맨들의 중심에서 벨포프 남작에 버금가는 놈들의 우두머리가 포효했다.

"한 파티가 한 마리씩."

"한 마리씩 몰아서 흩어져라!"

제아무리 데빌 맨이 강하다고 해도 길드원의 숫자와 비교하면 현저하게 적었다. 무리한 난전은 피하는 게 좋다. 앞으로 무슨 일이 벌어질지 모르기에 전력 보존이 필수였다. 20층까지는 얼마든지 모을 수 있지만, 그 밑으로는 다시 뚫어야 했다.

'최대한 레벨을 높여놓는다.'

가야 할 길이 까마득하게 멀었다. 이 지하세계에서 버티려면 좀 더 강해질 필요가 있었다.

*　　　*　　　*

까닥.

바하무트가 일행들을 보며 뒤쪽으로 머리를 까닥였다. 브레인과 슈타이너도 작은 움직임으로 의견을 표했다.

[저 새끼들 짜증나게 하네.]

[브레인 님 아니었으면 모르고 넘어갔겠어.]

[죽일까요?]

[아니, 죽이는 건 쉽잖아. 쟤들 죽이고서 또 따라붙으면 어떻게 해?]

12층을 벗어날 즈음이었을 것이다. 지역탐색보다 고급 스킬인 마스터 맵퍼의 정밀탐색에 수상쩍은 움직임이 포착됐다.

유저인지 몬스터인지가 잡힌 게 아니었다. 움직이는 건지 멈춰 있는 건지만이 겨우 구별될 뿐이었다. 처음에는 몬스터인가 싶었다. 그런데 일정 거리를 유지하면서 계속 따라왔다.

몬스터로 치부하기에는 상당히 지능적이었다. 자리에 멈춰 휴식을 취하는 척하며 용마안으로 먼 거리를 꿰뚫어 봤다. 은신의 망토를 착용한 풀 파티였다. 그제야 어찌해서 일행의 감각에서 자유로웠는지를 이해했다. 언제부터 감시했는지는 모르겠다.

[도플갱어일까요?]

[저희는 세 명입니다. 도플갱어였다면 진작 뒤치기를 들어오고도 남았을 시간인데……]

우우우우!

음산함을 내포한 귀곡성이 바람을 타고 흘러왔다. 과거에 들어본 적이 있는 소리였다. 20층 이하에서 출몰하는 모든 악몽 등급을 통틀어서 최강이라 불리는 놈이었다.

[형, 이 소리?]

[잘됐다. 돌아다니나 본데, 시험해 보자. 도플갱어인지 아닌지.]

[동북쪽으로 40미터입니다.]

브레인의 정확한 방향 지정과 간간이 들려오는 소리를 토대로 거대한 홀로 들어갔다.

"으허… 어업!"

"쉬잇!"

우우우우!

바하무트가 놀라려던 브레인의 입을 강제로 틀어막았다. 검은빛을 번뜩이는 거대한 낫에 검은 로브를 뒤집어쓴 사신이 허공에 둥둥 떠다녔다.

로브와 낫을 제외하면 속은 어둡기 그지없었다. 그 흔한 잔챙이 한 마리도 안 보였다. 혼자서 홀 내부를 배회했다.

240레벨 통곡하는 죽음의 응시자.

[저, 저게 뭐예요? 악몽 레벨이 저렇게 높아요?]

[레이스의 변종으로 특이하게 물리 공격과 정신 공격을 동시에 하는 패턴을 지녔습니다. 아주 까다로운 놈으로 어지간한 좌절보다도 강합니다.]

[형, 어쩌게요?]

[뒤치기 들어오나 봐야겠어. 내가 먼저 갈게.]

쾅!

바하무트가 용투기를 전개해서 응시자를 후려쳤다. 육체가 없는 놈이라서 그냥 맨주먹으로 치면 안 맞고 통과된다. 적당히 상대하다 죽여야 했기에 폭화 언령술도 자제했다.

우우우우!

후우우웅!

파공성이 일며 검은 낫이 바하무트의 허리로 날아왔다. 낫의 칼날만 해도 그보다 컸다.

쩌정!

용투기가 낫을 막아내며 붉은 스파크를 내뿜었다. 더도 말고 덜도 말고 약간 밀릴 정도로만 조절했다.

"하앗!"

슈타이너도 전투에 참가했다. 그 역시 소닉 붐을 사용하지 않았다.

응시자를 둘로 상대하는 것만도 남들이 보기에는 미친 짓이었다. 힘 조절은 필수였다.

[저도 쳐도 되나요?]

가만히 있기 심심했는지 브레인이 지휘봉을 빼 들었다.

바하무트가 전력으로 싸웠다면 도망쳤을 것이다. 파티의 수준으로 볼 때 부담되는 몬스터는 아니었다.

[포션 잘 복용하시면 죽지는 않으실 겁니다. 치세요.]

[야호!]

퍽퍽퍽퍽!

브레인도 지휘봉에 오러를 불어넣어 응시자를 마구 때렸다. 비전투 직업이라 데미지가 많이 박히지는 않았다.

끼아아아!

[영혼 소멸이네?]

[캬! 처음 왔을 때는 저거 맞고 기절 걸렸었는데.]

슈타이너는 옛 기억이 새록새록 솟아났다. 영혼 소멸은 유저의 정신을 침투해서 무방비 상태로 만들어 버리는 정신 공격이었다. 걸리면 혼란에 의해 세상에 뒤집어진다.

[어으… 어지러워요.]

[응시자의 정신 공격을 버틸 레벨이 아니라서 그렇습니다. 몇

분은 지속될 겁니다.]

시간이 흘러갔다. 바하무트 일행은 응시자를 상대로 긴 시간을 허비했다. 그때까지도 감시는 계속됐다.

무언가 목적이 있음이 확실했다.

[이제 됐다.]

바하무트의 공격이 거세짐에 슈타이너의 창질도 활발해졌다. 바람을 가르는 찌르기가 무형의 육체를 꿰뚫었다.

으어어어!

응시자가 고통에 몸부림치며 울부짖었다.

그러다가 마지막 발악을 하고는 먼지처럼 흩어졌다. 예전에는 그토록 강했건만, 이제 와서는 다소 허무했다.

[헉.]

[거, 거지다.]

설마 거지일 줄이야.

바하무트가 아공간에 들어 있던 유니크 하나를 바닥에 떨궜다. 남이 모르게, 행동은 신속했다.

적을 낚으려면 미끼가 필요하다. 밭 연기도 조금.

"와! 유니크다!"

"오! 유니크다!"

홀이 무너져라 소리쳤다.

감시자들이 듣고도 남을 만큼 큰 소리였다. 아이템에 초탈한 유저가 아니라면 걸려들 수밖에 없었다.

<u>스스스스.</u>

뒤쪽에서 빠르게 다가오는 움직임이 느껴졌다. 예상대로 멍청한 놈들은 욕심을 못 이기고 덫에 걸려줬다.

＊　　　＊　　　＊

붉은 눈물 길드 소속 풀 파티는 상부에서 내려온 명령에 죽을지도 모르는 임무를 도맡았다. 정확한 목표가 누구인지도 안 가르쳐 줬다.

지정해 준 대상을 따라다니다가 틈이 생기면 죽이란다. 구성인원은 길잡이 하나에 전부 암살자였다.

[언제까지 감시해야 되는 거지? 셋이면 지금 쳐도 되지 않을까?]

[정보가 너무 적어. 구린내가 나.]

[나면 뭐? 우리가 할 수 있는 일이 없잖아.]

[그건 그래.]

말단 길드원인 그들로써는 시키면 시키는 대로 해야 했다. 어겼다간 무사하지 못한다.

우우우우!

[…이거 응시자 목소리 맞지?]

[맞는 거 같아. 하필 재수가 없어도 이런 곳에서……]

[120미터 전방에 응시자로 추정되는 몬스터가 있다. 표적들이 그리로 이동한다.]

[미친놈들 아니야?]

[따라가자. 어쩔 수 없다.]

암살자들이 바하무트 일행의 뒤를 은밀하게 뒤쫓았다.

어쨌거나 목숨을 건 임무라서 양측이 로그아웃하기 전까지는 시야에 잡아둬야 했다.

퍼퍼퍼펑!

[응시자와 표적들이 싸운다.]

[세상에!]

[2차 전직인가?]

암살자들은 응시자와 싸우는 바하무트 일행을 보며 놀라워했다. 겨우 세 명이서 만들 법한 상황이 아니었다. 응시자는 길드장인 샤펠라도 일대일로 잡을까 말까 한 몬스터였다.

[뒤를 쳤다면 죽었겠군.]

[내 말이 맞지? 어쩐지, 구리다고 생각했어.]

2차 전직 유저 셋이면 한순간에 몰살당한다.

멋모르는 이들은 아직도 대륙십강만이 최고인 줄 안다. 물론 그들이 강한 건 인정한다. 그러나 시간이 흐르면서 2차 전직 유저들이 하나둘 나타났다. 길드장인 샤펠라도 그중의 하나였다. 저들 세 명이라고 해서 숨은 고수가 아니라는 법이 없었다.

[파티장, 칠까?]

[지켜본다. 도핑 먼저, 아직은 아니다.]

풀 도핑을 하며 전력을 끌어 올렸다.

싸울지 안 싸울지는 몰라도 혹시 모르기에 미리 해놔야 했다. 끝날 즈음에 하면 늦는다.

으어어어!

응시자가 흩어졌다.

죽은 것이다. 순식간에 주변이 조용해졌다. 그것도 잠시, 곧 정적을 깨는 외침이 들려왔다.

"와! 유니크다!"

암살자들의 시선이 바하무트에게로 쏠렸다. 그곳에는 정말 레어와는 겉모습부터가 다른 아이템이 떡하니 놓여 있었다. 240레벨의 응시자가 줬다면 최소 중간 이상일 터였다.

[유, 유니크!]

[치자! 치면 먹을 수 있어! 저놈들 유니크에 흥분해서 회복도 안 하잖아!]

유니크에 흥분한 게 아니라 회복할 만큼 다치지 않아서였지만, 암살자들이 알 리가 없었다. 게다가 흥분은 바하무트 일행보다 그들이 더했다.

이미 발각된 줄도 모르면서 말이다.

'유니크……'

파티장이 결단을 내렸다. 평정심을 유지하려 해도 결국 아이템이 주는 유혹에 넘어갔다.

[친다! 셋과 셋이 좌우측! 나머지는 정면이다! 첫 번째 목표는 가장 약해 보이는 맵퍼다!]

파파파팟!

어둠 속에 숨어 있던 그림자들이 전방으로 튀어 나갔다. 아이템에 흥분했지만, 선 표적에 관한 건 확실히 해뒀다. 바하무트나 슈타이너보다는 확실히 지휘봉을 든 브레인이 약해 보였다.

슈슈슈슛!

민첩성을 위주로 육성하는 직업답게 수십 미터 거리를 주파하는 데 찰나도 안 걸렸다. 색 구별을 못하게 하려고 검게 칠한 단검이 브레인의 뒤를 찌르기 위해 쇄도했다.

터억!

"헉!"

손가락 한마디 차이였다.

목을 뚫고 크리티컬 데미지를 줬을 공격이 염화룡의 송곳니를 착용한 바하무트에게 잡혔다.

"너희 어디서 왔냐?"

"이익! 쳐!"

"그래."

퍼엉!

바하무트는 암살자의 소원을 들어줬다. 폭화 언령술도, 용투기도 쓰지 않았지만, 330레벨이 199레벨을 치면 결과는 눈에 선하다.

정권 지르기의 작렬.

복부에 구멍이 난 암살자가 눈을 까뒤집고 쓰러졌다. 상태이상 관통에 걸려 죽을 날만 기다려야 했다.

퍼퍼퍼펑!

슈타이너의 창이 맹렬하게 회전하며 그에게 집중된 공격을 모두 막아냈다. 딱히 최선을 다하지도 않았다.

대충이란 단어가 딱 들어맞았다.

"어디서 왔는지 나한테만 말해주면 안 될까?"

슈타이너가 타이르듯 사근사근한 어조로 말함에도 돌아오는 답변은 차갑기 그지없었다.

"닥쳐!"

"난 화내지 않았는데, 넌 왜 화내!"

이상한 대화였지만 암살자는 말대답하지 못했다. 정수리에 창대가 꽂히면서 머리가 터졌다. 대답은 혀와 입이 있어야 한다.

풀썩.

한 개 파티의 암살자가 전멸하기까지는 찰나에 불과했다. 그들은 죽는 순간에도 어디서 왔는지를 말하지 않았다. 하긴, 캐릭터가 죽을 뿐이라서 고통도 뭐도 없을 테니까.

"형, 이 새끼들 묵언 수행하네요."

"괜찮아요. 아직 한 명 남았어요. 저기 끝에."

브레인이 모퉁이 쪽에 숨어 있는 길잡이를 가리켰다.

그는 허둥지둥 도망치려 했다. 이런 상황에서 길잡이 따위가 할 수 있는 일은 없었다.

"빙고."

바하무트는 좋은 생각이 떠올랐다.

매가 안 먹히면 달콤한 꿀로 유혹하면 된다. 평범한 유저는 그가 주는 꿀을 거부하지 못한다.

절대로.

*　　　*　　　*

"으윽!"

"어딜 튀려고 해?"

처억.

슈타이너가 창을 들어 길잡이의 턱 언저리에 갖다 댔다. 길잡이는 다리가 잘려 있었다. 엄밀히 말하면 잘렸다기보다 뚫렸다는 게 옳았다. 다만 뚫린 범위가 워낙에 넓어 통째로 뜯겨나갔을 뿐이었다. 절단과 출혈이 한 번에 걸렸다. 치료하지 않으면 오래는 못 버틴다.

"어, 어떻게 그 거리를!"

"그게 거리냐? 코앞에 있는 거지."

슈타이너의 비아냥거림에 길잡이가 허탈해했다.

서로 간에 수십 미터는 떨어졌었다. 그걸 한순간에 좁히다니, 상식을 벗어나는 속도였다.

"죽여!"

"튈 생각 말고 잘린 거 갖다 붙여라. 말만 잘 들으면 살려줄게. 죽기 싫지?"

길잡이가 이를 악물었다.

그의 말마따나 죽기는 싫고, 죽으면서 아이템을 떨구기는 더 싫었다. 길드에서 보상을 해주긴 하지만, 잃은 만큼 전부 해주지는 않는다. 윗대가리들은 제 뱃속 채우기만도 바빴다. 그렇다고 말할 수도 없었다. 제약이 걸렸기에 잘못하면 게임 인생을 종친다.

치이이익!

잘린 다리를 상처 부위에 대고 포션을 붙자 새하얀 수증기가 발생하며 절단과 출혈이 치료됐다.

"우리 왜 공격했어? 도플갱어야?"

"……."

슈타이너가 길잡이의 정체를 물어봤다. 그는 침묵했다. 닫힌 입은 열리지 않았다. 그 모습을 지켜보던 브레인이 한숨을 쉬었다. 다짜고짜 본론으로 넘어가면 역효과만 발생한다.

"제가 물어보겠습니다."

최전선에서 위험한 임무를 할 정도면 말단 직책일 것이다. 많을 것을 기대하기는 무리였다. 가닥만 잡혀도 큰 수확이었다.

"진실의 계약서 작성했습니까?"

"킥!"

길잡이가 놀랐다는 표정을 지었다. 딱 봐도 작성했다는 뜻이었다.

진실의 계약서.

주로 상인 계열 유저들이 큰 규모의 거래를 할 때 이용하는 마법물품이었다. 그런데 어느 순간부터 일반 유저들도 사용,

혹은 악용하기 시작했다.

백지의 종이에 원하는 내용을 적어놓고 마법적 효과를 가미하면 지키지 않고서는 못 배길 치명적인 족쇄가 채워진다. 적어놓은 대로 페널티가 가해지기에 캐릭터 삭제라고 적는다면 그대로 삭제된다. 상당히 고가라서 아무렇게나 사용되지 않는다.

"음……."

브레인이 말을 길게 끌었다. 작성했다면 그 본인에게 피해가 될 발언을 하면 안 된다.

"뭐야! 이 새끼 진실의 계약서 작성했어요?"

"그런 것 같네요."

"아, 놔!"

슈타이너가 신경질적으로 머리카락을 헝클었다.

저놈도 살고 싶겠지만, 계약서의 페널티가 두려워서 누가 시켰는지 침묵할 것이다.

"좀 오래 걸리고 짜증나긴 해도 방법이 아예 없는 건 아닙니다."

"알아낼 방법이 있습니까?"

바하무트가 다가왔다. 그는 응시자와 암살자들이 떨군 아이템을 줍고 오는 길이었다.

"네. 제약의 범위를 모르기에 제일 낮은 단계부터 타고 올라가야 합니다. 어긋나는 방식으로."

"어긋나는 방식?"

"일종의 연상 게임입니다. 이걸 교묘하게 틀어버리면 되죠."

"하려고 하겠습니까? 제약 범위를 모른다면 사방이 지뢰밭이나 다름없을 텐데?"

"하게 만들어야죠."

브레인이 몸을 수그려서 길잡이와 시선을 마주했다. 그는 본인에게 피해가는 발언을 하지 않으려고 할 것이다. 아니, 아예 입을 다무는 게 안전하다.

말은 물과 같다. 내뱉으면 주워 담을 수 없다. 미끼가 필요했다. 위험부담을 무시할 만한 미끼가.

"바하무트 님, 아이템을 부탁드립니다."

"네."

촤르르륵!

바하무트가 방금 주운 아이템들을 쏟아냈다. 레어와 매직이 수두룩했다. 길잡이는 관심 없는 척하며 하나하나를 살펴봤다.

심장이 방망이질치는 두근거렸다. 응시자가 떨군 것도, 동료들이 떨군 것도 있었다.

"옜다. 최종 상품이다."

툭.

"으헉!"

길잡이가 헛숨을 들이켰다. 그는 두 눈을 부비면서 계속해서 감고 뜨고를 반복했다.

"유니크!"

"맞습니다. 보시다시피 유니크입니다. 질문에 대답할 때마다 하나씩 드리겠습니다. 진실의 계약서에 묶여 있대도 남자라면 게임 인생을 걸고 도박을 벌여볼 만하지 않습니까?"

"말을 하면 아이템이고 나발이고 나는 끝이야!"

"듣고 싶은 이야기가 많습니다. 머리가 좋으면 무슨 말인지 알아들을 테고⋯ 결정하시길. 안 한다면 바로 죽여 드리겠습니다."

길잡이는 갈등했다.

듣고 싶은 이야기가 많다는 건 돌려서 말하겠다는 소리였다. 그러나 돌려 말해도 진실의 계약서에 위배되면 페널티에 걸린다.

언제 어디에서 걸릴지 모르기에 그게 더 불안했다.

죽이라고, 하지 않겠다고 한마디만 하면 되는데도 유니크 아이템의 옵션이 아른거렸다.

"좋아! 대신 지, 질문 하나에 레어 하나야!"

"첫 질문은 매직 전부로 하죠."

브레인이 매직을 한곳으로 모았다. 숫자는 대여섯 개, 가치로 따지자면 100만 원은 가볍게 넘어간다.

"어디보자."

스슥.

브레인이 습관처럼 수첩을 꺼냈다. 그리고는 진실의 계약서를 피해갈 만한 내용을 적어 내려갔다. 바하무트에게는 자신 있다는 식으로 말했지만, 100% 장담은 못 하겠다. 어쨌거나 첫 시작부터 골로 보낼 수는 없는 일이니 차근차근 진행해야겠다.

"질문을 대충 넘기시면 안 됩니다. 잘 듣고 대답하시길. 나는 어지간해서는 게임 접속시간이 항상 일정해야 한다. 일정하다가 아니라 '해야 한다' 입니다. 예, 아니요."

"그, 그게 질문인가?"

"답하세요."

"예."

길잡이는 의아했다. 생각보다 질문이 별거 없었다. 접속시간 따위를 왜 묻는단 말인가?

스으으윽.

브레인이 그에게 아이템을 밀어줬다. 대답을 했으니 가지라는 뜻이었다. 약속은 지킨다.

"두 번째 질문입니다. 나는 부득이한 사정이 아닌 경우, 미접속을 하면 안 된다."

"예."

아슬아슬한 줄다리기임에도 질문을 하면 할수록 브레인의 미소가 짙어졌다. 세 번째 질문은 한 달 수입이 얼마나 되는지와 제 날짜에 지급되는 지다.

네 번째는 알테인에서 유니크 아이템을 네 개 이상 착용한 유저를 본 적이 있느냐다. 그 외에도 여러 가지를 물어봤다.

길잡이는 지금 자기가 무엇을 말하고 있는지조차 모를 것이다. 그의 기준에서는 죄다 엉뚱한 질문에 불과했다.

[바하무트 님, 도플갱어들이 길드로 뭉쳐 다니는 놈들입니까?]

[잘 모르겠습니다. 점 조직으로 운영된다고만 들었을 뿐, 길드의 유무는 확인된 바가 없습니다.]

[종합해 보겠습니다. 일단, 저 길잡이는 대길드 소속입니다. 월급이 500~600만 원이면 대접도 좋은 편이고, 지급일이 철저하니 재정도 풍부… 알테인에서 유니크, 네 개 이상 착용한 유저를 봤다는 것과 누군지 잘 안다는 것은 저자의 길드장으로 예상됩니다.]

[붉은 눈물 길드? 도플갱어?]

[그럴 확률이 높습니다. 어쨌거나 지금 알아낼 수 있는 정도는 이 정도가 답니다.]

삐죽 튀어나온 가지는 전부 쳐냈다. 더 파고들려면 가지치기에서 몸통을 깎아내야 한다. 그런데 그리하면 길잡이는 대답하기도 전에 페널티를 먹든가 입을 닫을 것이다.

[흠, 나도 할 수 있을 것 같은데?]

브레인의 심문을 지켜본 슈타이너가 본인도 할 수 있겠다며 근거 없는 자신감을 내보였다. 겉보기에는 쉬워 보여도 막상 하라고 하면 제대로 해내는 유저가 몇 없었다.

[헛소리 말고, 네가 그날 난리쳐서 샤펠라가 우리 정체 안 거 아니야?]

[알면 뭐 어때요? 원수진 것도 없는데, 건들 리가 있겠어요?

감히? 혈겁 따위가?]

[소닉 붐에 붉은 눈물 길드원이 휩쓸렸으면 네 잘못이잖아.]

[그럴 거면 당당하게 와서 보상을 요구하면 되죠. 아, 뭐지? 도 플갱어인가? 찝찝한데……]

샤펠라와는 얼굴 한 번 봤을 뿐이었다. 예전 알테인의 초행 당시 둘이서 수백 명의 유저를 죽였다. 사전에 준비 없이 왔던 터라 어리벙벙하게 행동해서 먹이로 오해받았었다.

샤펠라는 소문을 듣고 둘을 성으로 초대했다. 그는 대륙십 강에 대한 로망을 지녔었다. 하룻밤 신세를 졌음에도 별로 유 쾌하지는 않았다. 그에게서는 타마라스와 비슷한 냄새가 났 다. 그래서인지는 몰라도 슈타이너의 행동이 무례했던 것으로 기억한다.

[좀 더 두고 보는 게 좋겠습니다. 원하는 게 있다면 본색을 드 러내지 않겠습니까?]

브레인의 말에 바하무트와 슈타이너가 동의했다.

범인을 단정 짓기에는 아직 일렀다. 마음 내키는 대로 때려 부술 수는 없음이다.

'기회다.'

셋이서 대화를 나눌 때, 그들의 눈치를 보던 길잡이가 남아 있는 아이템 쪽으로 시선을 돌렸다. 레어 몇 개와 유니크가 무 방비 상태로 놓여 있었다. 손만, 재빨리 손만 뻗으면 된다.

파팟!

푸욱!

"커억!"

"뭔 개짓이래? 가만히 있었으면 살려줬을 텐데, 죽고 싶어 환장했나?"

끼이이익!

슈타이너가 창을 들어 올렸다.

창에 꿰인 길잡이가 허공으로 떠올랐다. 그는 대롱대롱 매달린 상태에서 연신 피를 게웠다. 일격에 전체 생명력을 앗아갔다. 아까처럼 포션으로 회복할 수준이 아니었다.

"누군지 모를 네놈 윗대가리한테 잘 전해. 할 거면 걸리지 말라고, 걸리면 뒤진다고, 알간?"

쑤욱.

창이 뽑히면서 길잡이의 육체가 사라졌다.

툭.

"푸흐! 레어 떨궜네."

길잡이가 죽으면서 착용하고 있던 아이템을 떨궜다. 투구 계열의 검게 칠한 두건으로 제법 비싸 보였다. 브레인은 같은 맵퍼가 꼈던 장비라는 이유로 호기심 있게 들여다봤다.

"오! 괜찮다."

"브레인 님 가지세요."

"감사합니다!"

괜찮다는 소리를 듣자마자 바하무트가 아이템의 소유권을 넘겨줬다. 브레인은 활짝 웃으면서 장비를 교체했다. 그도 이제는 바하무트의 성격을 파악했다. 가지라면 가져도 된다.

*　　　*　　　*

"보냈던 애들이 전부 죽었습니다."

"예상했던 일이다."

샤펠라는 대수롭지 않다는 듯 넘어갔지만, 부관은 불안했다. 진실의 계약서는 만능이 아니었다.

몇몇 호기심 많은 유저가 계약서의 허점을 파고들어 플레이 포럼에 올렸다. 머리 나쁜 이들은 봐도 못 따라할 방법이었다. 그러나 포가튼 사가 전체로 보면 안심하기 어려웠다.

"혹시라도 걸린다면……."

"괜찮다."

진실의 계약서는 샤펠라가 직접 작성하게끔 했다. 아니, 사실은 작성하지 않았다. 길드원들은 작성한 줄 알겠지만, 착각이었다. 그렇기에 페널티는 없다. 그 사실을 모른다면 머리를 굴리게 된다. 지름길을 앞에 두고 먼 거리를 돌아가는 바보가 될 테지.

'페널티를 받지 않는 선에서 멈췄을 터. 용의 선상에는 붉은 눈물 길드와 도플갱어들을 올려놨을 것이다. 초가 마련됐다면 불을 밝혀줄 차례인가?

부관에게조차 말해주지 않았다. 비밀을 아는 자는 적을수록 좋다. 그래야 나중에 일이 잘못돼도 쉽게 빠져나간다. 바하무트와 슈타이너를 상대로 빠져나갈 구멍도 없이 밀어붙인다는 건 멍청한 짓이었다.

"죽었다면 내일쯤에 접속하겠군."

"그렇습니다."

강제 로그아웃되면 하루 동안 접속 불가에 걸린다. 한두 시간 전에 죽었으니, 내일 이맘때면 접속할 것이다.

"나가보고, 애들이 접속하면 나에게 알려라."

"쉬십시오."

부관은 인사를 하고 막사를 벗어났다. 샤펠라가 뭔가를 숨기는 듯했지만 말해주지 않는다면 그의 입장에서 알 수 없는 노릇이었다.

'슈타이너, 네놈 따위가 내 위에 있다는 게 너무나도 싫어.'

오래전, 알테인에 바하무트와 슈타이너가 찾아왔다는 소문을 듣고 둘을 초대했었다. 항상 궁금했다.

대륙을 움직이는 자들의 존재가.

바하무트는 무난했다. 그런데 슈타이너는 뭐가 그리 불만인지 자신을 바라보는 시선 자체가 뻐딱했다.

차마 건들 수는 없었기에 애써 웃으면서 넘어갔다.

수치스러웠다. 붉은 눈물 길드를 이끄는, 이 혈검 샤펠라가 개처럼 무시를 당했다. 그런 경험은 처음이었다.

'기억 못 하겠지.'

원래 세상일이란 게 그랬다. 정작 일을 벌인 놈은 기억 못하고 당한 놈만 기억했다.

'위험한 불장난일수록 신중하게.'

길드원들이 건진 게 있었으면 한다. 어떤 대답을 하고 들었느냐에 따라 대처방안이 달라진다. 이왕이면 복잡한 것보다 머리를 굴리기 편한 쪽으로 가줬으면 좋겠다.

*   *   *

두 가지 소문이 어둠의 미궁 내부에서 급속도로 퍼져 나갔다.

은밀하게.

그러나 그 무엇보다도 빨랐다. 1~20층에서 떠도는 모든 유저가 알기까지 찰나에 불과했다.

소문의 내용인 즉.

'은신의 망토를 착용한 정체불명의 유저 세 명이서 응시자를 잡았다. 구성원은 무투가와 창술사, 맵퍼란다. 알다시피 응시자는 공략 난이도가 최악에 속한 몬스터다. 목격자에 의하면 유니크와 레어를 몇 개나 떨궜으며 그 가치가 최소 억대에 이를 것으로 판단된단다. 과연, 그들은 누구이며 어디에 있는가?'

'어둠 속에 숨어 있던 도플갱어들이 움직였다. 그들은 은신의 망토를 착용한 유저들을 무차별적으로 공격했다. 하이에나답게 아이템 냄새를 맡은 것이다. 죽어서 아이템을 떨구고 싶지 않다면 알아서들 처신하라. 괜히 신비주의를 고수하다 통곡하지 말고.'

미궁의 하이에나라 불리는 도플갱어들이 응시자를 잡은 유저들을 찾으려고 사방팔방을 휘젓고 다녔다. 세 명이서 잡았든 서른 명이서 잡았든 그따위는 신경 쓰지 않았다.

뒷일은 뒷일이고 일단 찾고 보겠다는 심보였다.

소문이 돌고부터 은신의 망토를 착용한 유저들의 숫자가 눈에 띄게 줄어들었다.

며칠이 지날 때쯤에는 찾아보기도 어려웠다. 소문대로 신비주의를 고수하다 죽으면 땅을 치고 후회한다. 그럼에도 몇몇 유저는 꿋꿋했고 어김없이 표적이 됐다. 그리고 꿋꿋한 유저들의 중심에는 소문과 직접적으로 관련된 바하무트 일행도 포함되어 있었다.

*   *   *

웅성웅성.

유저들이 한곳을 쳐다보며 수군거렸다. 시선의 끝에는 은신의 망토를 착용한 세 명이 보였다. 소문 내용과 인상착의도 같고 숫자도 세 명이었다. 그렇기에 모두의 호기심을 독차지했다.

[다 죽여 버리고 싶다. 진짜.]

슈타이너가 신경질적으로 반응했다. 며칠 전에 벌어졌던 일이 그의 심기를 어지럽혔다. 일행을 습격했던 암살자 파티가 소문을 낸 듯하다. 처음에는 그러려니 하고 넘어갔다. 그런데 상황이 계속되니 스트레스가 쌓여 머리에서 빠져나오기 직전이었다.

"미쳤나 봐. 안 벗어."

"벌써 수십 명 이상이 죽었다지? 실력에 자신이 있나?"

"응시자 잡은 파티 아니야? 봐봐, 세 명이잖아?"

"응시자가 뉘 집 애 이름이냐? 그놈 잡으려면 2차 전직 유저여야 하는데? 2차 전직은 대륙십강뿐이잖아?"

유저들은 저들만의 상상에 빠져들었다. 그럴수록 누군가는 으드득하고 이빨을 갈아댔다.

부글부글.

[참아. 무시하면 될 걸 왜 그렇게 신경 써?]

바하무트가 슈타이너를 타일렀다. 그나 브레인이나 한 귀로 듣고 한 귀로 흘렸다. 슈타이너 혼자서만 분을 삼켰다.

[저는 형처럼 부드러운 성격이 아니에요. 누구 입에 오르락내리락거리는 거 질색이라고요.]

[나도 좋아하지는 않아.]

[아오! 그냥 벗고 다니면 안 돼요?]

[알잖아.]

[어휴.]

[왜 안 벗으시는 거예요?]

슈타이너가 한숨을 쉴에 브레인이 물어봤다.

[몇 가지 이유가 있지만, 굳이 하나를 꼽자면 구걸이에요.]

[구걸이요?]

구걸을 우습게보면 안 된다. 모습을 보이고 바하무트와 슈타이너라는 게 밝혀지는 순간, 멀쩡한 유저들이 거지로 돌변한다. 꼭 아이템을 달라기보다는 별의별 걸로 사람의 진을 빼놓는다. 오죽하면 음성창도 막아놓고 친구하고만 대화를 하겠는가?

[안 당해본 사람은 몰라요. 아주 끔찍하죠.]

은신의 망토를 이런저런 귀찮음을 해결해 줬다. 그렇기에 수군거림이 있더라도 벗지 않고 버텼다.

터벅터벅.

"저기요."

유저 한 명이 바하무트 일행을 불렀다. 사람이 부르면 쳐다보게 마련이었다. 당연히 소리가 들려온 쪽으로 고개를 돌렸다.

"킥킥킥킥!"

"잘 물어봐!"

반대편에서 동료로 보이는 이들이 그를 보며 웃거나 힘내라는 몸짓을 취해줬다.

[저 새끼들 무슨 짓거리지?]

슈타이너의 목소리가 날카로워졌다. 내기에서 져서 장난치러 온 듯했다. 표정만 봐도 답이 나왔다. 왠지 유저의 다음 말을 들으면 기분이 나빠질 것만 같은 예감이 무럭무럭 솟아올랐다.

"저기요? 혹시… 응시자 잡으신 파티예요?"

꽈득.

그 말을 듣자마자 슈타이너가 독사왕의 이빨을 잡았다.

유저의 예의 없는 행동은 가뜩이나 터지기 직전의 화약고에 불을 붙이는 꼴이었다.

탁.

바하무트가 슈타이너의 팔을 잡았다. 하지 말라는 뜻이었다. 브레인도 파티 음성으로 참으라는 말을 반복했다.

"돌아가 주세요. 저희가 기분이 별로 안 좋거든요."

브레인이 셋을 대표로 정중하게 부탁했다. 저들은 장난일지 몰라도 자신들에게는 예민한 일이었다. 누가 암살자를 보냈는지도 모르거니와 왠지 놀아나는 기분도 들었다.

"에이, 그러지 말고 가르쳐 주세요. 응시자 잡으신 파티 맞으세요?"

유저는 브레인의 말을 똥구멍으로 들었다. 결국 슈타이너가 화를 못 참고 말을 내뱉었다.

"그렇다면?"

[에고.]

바하무트가 포기했다.

친한 동생이라도 말리는 데 한계가 있었다. 하나부터 열까지 죄다 간섭할 수는 없었다.

"우와! 진짜예요?"

"그 말하려고 왔나?"

"유니크 아이템 먹은 게 사실이에요? 거짓말 아니시면 보여주실 수 있으세요? 2차 전직 하셨나요?"

바하무트가 다리 사이로 얼굴을 처박았고, 브레인의 안색이 창백해졌다. 그의 입에서 궁금했던 질문들이 속사포처럼 터져 나오자 주변의 유저들도 호기심을 갖고 지켜봤다.

"유니크 먹은 거 사실이고, 거짓말 아닌데 보여주기는 귀찮고, 2차 전직 했다. 그러니까 그만 꺼져."

"뭐, 뭐라고요?"

"꺼지라고, 죽여줄까?"

"허! 참네. 그거 물어봤다고 사람을 죽인다네? 성격 쓰레기 아니야? 유니크? 2차 전직? 지가 무슨 대륙십강인가?"

"아, 그냥 죽어라."

휘리리릭!

퍼엉!

용투기를 머금은 창이 회전하며 유저의 중갑을 꿰뚫고 심장을 관통했다. 죽이려고 친 공격이었다.

버텨낼 리가 만무했다.

털썩.

유저가 쓰러지자 장내가 정적에 휩싸였다. 죽은 이의 직업은 전사 계열의 수호자였다. 수호자는 일명 탱커라고도 부른다. 직업답게 생명력이 대단할 수밖에 없다. 그런데 가볍게 휘두른 지르기에 현실 세계로 돌아갔다. 말도 안 되는 현상이었다.

"사람 기분 봐가면서 건드려라. 아니면 안전지역에서 약을 올리든가. 무슨 깡으로 임시 휴식처에서 걸레 같은 주둥이를 털어 털긴."

유저들은 독사왕의 이빨을 들고 독설을 퍼붓는 슈타이너를 보면서도 꿀 먹은 벙어리처럼 침묵을 지켰다.

죽은 유저와 동료였던 이들도 마찬가지였다. 죽은 이는 죽은 이고 똑같이 죽기는 싫었다. 애당초 알테인에서 활동하는 대부분의 유저에게서는 동료애를 찾아볼 수가 없었다.

"그만 가자."

바하무트가 슈타이너의 어깨를 툭하고 건드렸다. 그는 그제야 흥분을 가라앉히고는 고분고분해졌다.

[슈타이너 님 성격이 저렇게 다혈질이셨어요?]

브레인이 바하무트에게만 따로 음성을 날렸다.

밝고 유쾌하기만 했던 슈타이너의 이면에 폭군의 기질이 숨겨져 있을 줄은 몰랐다.

[대륙십강의 별명은 전투 스타일을 기준으로 붙습니다. 그중에서 난폭한 세 명을 꼽자면 저와, 슈타이너, 쿠라이입니다. 황금의 학살자는 녀석의 성격을 단편적으로 보여주죠.]

[아하!]

브레인은 슈타이너가 어찌해서 황금의 학살자로 불리게 됐는지 들었기에 금방 이해했다. 바하무트의 경우에는 난폭한 성격이 아니라 스킬 자체가 그런 쪽으로 특화됐기에 그러했다.

[자리를 옮겨야겠습니다. 뒤통수가 뚫리겠네요.]

가벼운 농담을 한 바하무트가 슈타이너와 브레인과 함께 임시 휴식처에서 벗어났다.

*　　*　　*

바하무트 일행이 임시 휴식처를 떠난 지 얼마 되지 않았을 때, 구석에서 그 일련의 과정을 처음부터 끝까지 관찰한 유저가 있었다. 그는 기뻐하기도 하며, 놀라워하기도 하는 등 다양한 감정을 내비쳤다. 왜냐하면 그토록 찾았던 이들을 찾아서였다.

[여기는 7호, 19층 제3임시휴게소.]

그는 도플갱어였다.

응시자의 소문을 접하고는 바하무트 일행을 수소문하기 시작했고, 드디어 발견했다.

[말하라.]

[목표물로 의심되는 존재들을 찾았다.]

[응시자 파티를 찾았다는 건가?]

[장담은 못해도 가능성이 높다. 응시자 파티원으로 추정되는 창술사가 장비 상태 중상, 199레벨의 탱커 유저를 일격에 죽였다. 자세한 내용은 동영상 확인을 부탁한다.]

도플갱어가 직접 촬영한 동영상을 파티원들에게 전송했다. 몇 분 안 되는 짧은 시간이라 보는 데 오래 걸리지는 않았다.

[맙소사. 이건 2차 전직이 분명하다. 셋 다인가?]

[남은 둘은 모르겠다. 일은 보다시피 창술사 혼자 저질렀다. 표적의 위험도를 생각하면 한 개 파티로는 어림도 없다.]

[길드장께 보고하겠다.]

[20층에서 명령을 기다리겠다.]

현재 위치는 19층의 중간 부분이었다. 20층 안전지역에서 기다리다 보면 저절로 마주칠 것이다.

*   *   *

"20층에 오신 것을 환영합니다. 으하하하!"

슈타이너는 언제 화를 냈냐는 듯 우렁차게 웃어댔다. 바하무트는 못 말리겠다며 손을 절레절레 흔들었다.

녀석은 종잡지 못할 기분파였다.

"여기가 사실상 유저들에게 허락된 마지막 층이군요."

"유저들의 수준이 상당히 높아졌기에 어쩌면 뚫었을 수도 있습니다."

"만약 대륙십강을 제외한 2차 전직 유저가 있다면 자작이 나오기 전인 39층까지 뚫는 게 가능한가요?"

"200레벨 초중반으로 계산하면, 한둘로는 어려울 듯합니다. 30층 이상 내려가면 남작이라도 250레벨은 되거든요."

"와! 250레벨이면……."

"강하죠. 같은 절망에 동 레벨의 몬스터라도 마족은 특히나 더 강합니다."

마족은 유저가 없을 뿐, 용족과 쌍벽을 이루는 최고의 전투 종족이었다. 지금이야 가지고 놀겠지만, 과거에 상대했던 아달델칸만 해도 토가 나올 정도로 강했었다. 아직 만나지는 못했어도 곧 바하무트가 상대해야 할 공작이나 후작은 천재지변급일 것이다.

'레벨이 안 오르네.'

20층을 내려왔음에도 1레벨도 안 올랐다.

330레벨의 막대한 경험치와 이프리트에게 빨리는 50%의 경험치를 환산하자 요구량이 어마어마했다.

'20레벨은 더 올려야 하는데.'

80층에 진입하기 전까지 최소 300대 중반은 찍어놓으려고 했다.

데이로스는 사대마공작의 막내였지만 그건 그들 사이에서나 그렇지 바하무트의 기준에서는 그야말로 난공불락의 철옹성이었다. 하다가 정 안 되면 욕심 부리지 않을 것이다. 슈타이너에게 약속했다. 세 번 도전해서 안 되면 3차 전직부터 하자고.

"오늘은 쉬실 거죠?"

"응, 21층에는 안전지역이 없으니까, 하루 푹 쉬고 이동하자."

"진짜 지겹긴 하네요. 제아무리 넓어도 던전이라는 폐쇄적 단어 때문인가? 되게 답답하고 막 그래요."

"너 3차 전직이랑 장군 퀘스트 할 때 내가 많이 도와줄게."

"그 말을 기다렸습니다."

바하무트 일행이 20층의 안전지역으로 들어갔다.

21층부터는 허허벌판인 미개척지였기에 물품을 팔아줄 상점도 유저도 없었다. 이곳에서 보급을 받으면 80층까지 아끼고 아껴야 한다. 떨어지지 않도록 잘 유지해야 했다.

탁.

돈을 내고 숙소를 빌렸다. 작은 말썽이 있었음에도 오늘은 이것으로 하루 일과를 마쳤다.

[여기는 3호 목표물 확인. 내일 움직일 예정.]

[대기하면서 동태를 잘 살펴라.]

도플갱어들은 20층에서 바하무트 일행을 기다리고 있었다. 그들은 그걸 아는지 모르는지 모두 로그아웃했다.

하긴, 알았어도 걱정하지 않았을 것이다.

포가튼 사가에서 바하무트와 슈타이너는 걸어 다니는 일인 군단이었으니까.

*　　　*　　　*

정체불명의 문양이 음각된 검은 석문이 앞을 가로막았다. 몇몇 유저가 석문 근처에서 서성였다. 열고 들어가지는 않았다.

내부로 들어가면 좌절 등급의 고위마족과 수십 마리의 강력한 몬스터가 기분 좋게 반겨준다. 입장 제한이 파티였기에 수준 낮은 유저들은 아무것도 못 해보고 죽는다.

"내가 할까, 네가 할래?"

"제가 할게요."

슈타이너가 선뜻 나섰다. 마족 남작 상대하는 데 바하무트와 둘이 달려들 필요는 없었다. 혼자서도 충분했다. 바하무트도 그의 생각을 잘 알았기에 알겠다고 끄덕였다.

"미친 듯이 내려오겠네."

"금세 되돌아가겠지. 볼 것도 없고, 난이도도 비슷해서 보급이 없으면 일반 유저들은 오래 못 버텨."

입구를 지키는 고위마족을 죽이면 재생성 기간 동안 층과 층 사이를 마음 놓고 돌아다닐 수 있다.

길을 열어주면 21층을 궁금해하던 유저들이 밑으로 내려갈 것이다. 몬스터의 수준은 거기서 거기였지만, 보급물품의 차단으로 몇 시간도 채 지나기 전에 되돌아가리라 예상됐다. 예전에도 그랬었다. 신 나서 내려와 놓고 울상을 지으면서 올라갔다.

턱!

드르르릉!

바하무트가 기관이 작동하도록 석문에 손을 갖다 댔다. 돌과 돌이 마찰하는 소리가 들리면서 석문이 밑에서 위로 올라갔다. 당장에라도 유령이 튀어나올 만큼 어두컴컴했다. 들어가기 전에는 텅 비어 있다가 들어가는 순간 석문이 닫히고 고위마족이 소환된다.

쿵!

석문이 활짝 개방됐다. 주변의 유저들이 놀란 눈빛으로 바하무트 일행을 쳐다봤다. 무모해 보였다. 파티의 인원이 세 명에 불과했다.

지금이라도 늦지 않았다. 뒤로 빠지면 된다. 들어가면 돌이킬 수 없다. 꼼짝없이 200레벨이 넘는 고위마족과 싸워야 했다.

바하무트와 브레인이 한 치의 머뭇거림도 없이 어둠 속으로 몸을 들이밀었다. 슈타이너도 지루하다는 듯 하품을 하면서 후미를 지켰다.

유저들은 용감한 건지 멍청한 건지 구분을 못하겠다며 한마디씩 하고는 그들의 명복을 빌어줬다.

*　　　　*　　　　*

"넓네요?"

"오직 전투만을 위한 공간입니다. 밑으로 내려갈수록 더 넓어집니다."

브레인이 내부 이곳저곳을 훑어봤다.

전체적으로 어두운 바탕을 지닌 반구형의 돔이었다. 넓이는 대략 현실의 야구 경기장과 비슷했다. 거치적거리는 건 아무것도 없었다. 이만하면 마음 놓고 싸워도 될 정도였다.

"브레인 님, 저희는 구석에 가 있죠."

"알겠습니다."

바하무트와 브레인이 구석으로 이동했다.

그리고는 바닥에 엉덩이를 붙이고 앉았다. 꼭 영화 관람을 앞둔 관객처럼 보는 듯했다.

채앵!

슈타이너가 자세를 잡고 집중했다. 고위마족은 일정한 위치에서 소환되지 않는다. 천장이든 바닥이든 옆이든 어디든, 지 꼴리는 대로 나타난다. 길게 시간 끌고 싶지 않았기에 모습을 드러내는 즉시 공격할 생각이었다. 현신은 필요 없다. 인간 상태로도 충분했다.

드드드드.

돔이 흔들렸다. 고위마족이 소환될 때 생기는 현상이었다. 슈타이너가 용투기를 전개해서 감각을 확장시켰다.

일격에 죽지는 않겠지만, 이참에 299레벨이 되고 얼마나 강해졌는지 제대로 확인하려 한다.

스으으으.

불길한 검은 연기가 스멀스멀 피어오르며 슈타이너의 두 배를 넘는 덩치에 검은 갑주를 착용한 기사가 모습을 드러냈다. 짜증 나는 마법 계열이 아닌 전사 계열이었다.

210레벨 데몬 나이트 율리온 남작.

데몬이면 마족 중에서는 상위 종족에 속했다. 그들이 진화해서 최고위 종족인 아크데몬이 되는 것이다. 바하무트가 80층에서 상대해야 할 데이로스가 그 아크데몬이었다.

"이곳이 어디라고 발을 들……."

"잘 가."

소닉 붐(sonic boom) : 전반 일식.

관천(貫天) : 하늘 뚫기.

퍼어어엉!

슈타이너가 창을 내질렀다. 음속을 돌파하며 생긴 대기의 변화가 고스란히 엿보이며 무시무시한 기운이 날아갔다. 율리온 남작이 당황했다. 첫마디를 끝내기도 전에 선공을 받아서다. 그러나 명색이 남작임을 증명하듯 금세 평정심을 되찾았다.

콰앙!

"크윽!"

율리온 남작이 메고 있던 대검의 넓은 면으로 관천을 막아냈다. 속절없이 밀려났다. 레벨 차이도 차이지만, 예상치 못했던 공격이었다.

그그그극!

대략 십여 미터를 밀려나고 나서야 육중한 거체를 멈춰 세웠다. 그는 위대한 마족에게 예의를 차리지 않은 슈타이너에게 분노했다. 그리고는 소환마법으로 자신의 권속들을 소환했다.

"갈기갈기 찢어 죽여라!"

크어어엉!

율리온 남작과 닮은 일반 데몬들이 주인이 지정해 주는 적을 인식하고는 한꺼번에 달려들었다. 별다른 명칭이 붙지 않았음에도 레벨이나 등급이 상당했다.

슈타이너가 아닌 일반적인 유저였다면 도움을 요청하거나 절망에 빠져 허우적댔을 것이다.

"바싹 튀겨주마. 너와 네 졸개들 전부 다!"

소닉 붐(sonic boom) : 후반 구식.
뇌정만천(雷霆滿天) : 우렛소리가 하늘을 뒤덮는다.

콰르르릉!

황금빛 뇌전이 사방에서 내리쳤다. 데몬들은 한 방에 한 마리씩 재로 화했으며, 율리온 남작도 몰아치는 뇌정만천에 휩쓸려 고통스러운 비명을 내질렀다.

슈타이너가 초반부터 큰 기술을 사용한 이유는, 어차피 층을 내려가면 휴식을 취할 것이므로 금세 회복될 걸 알아서였다. 후반 초식이라도 한두 번쯤으로는 과부하에 안 걸린다.

"이놈! 용서할 수 없다!"

원래 시커멓던 놈이 뇌기에 타면서 숯검정이 돼버렸다. 그는 스스로가 일방적으로 밀린다는 걸 인정할 수 없는지 고래고래 소리를 지르면서 미친 듯이 날뛰었다.

콰콰콰쾅!

채채채챙!

창과 대검이 어울렸다. 율리온 남작의 덩치는 슈타이너를 일격에 쪼개 버릴 만큼 거대함에도 겉모습만 그럴 뿐, 실속은 없었다.

그가 약한 게 아니었다. 슈타이너가 강한 거다. 독사왕의 이빨과 타이탄의 권능을 착용한 지금이라면 정상적인 유저의 299레벨에 버금간다. 이쯤이면 현신했을 시 자작과 싸워도 이길 자신이 있었다. 물론 백작이야 워낙에 강해서 무리였다.

투앙!

슈타이너가 휘두르는 창에 힘을 실었다.

내려쳐지던 대검이 크게 튕겼다. 튕겨난 대검을 따라 팔이 한쪽으로 쏠렸고, 가슴과 복부 등의 급소가 그의 시야에 노출됐다.

"그만 쪼개지고 아이템이나 뱉어."

소닉 붐(sonic boom) : 중반 육식.
벽력단(霹靂斷) : 번개 끊기.

좌아아악!

번개조차 끊는다는 벽력단이 율리온 남작의 머리부터 사타구니를 훑고 지나갔다. 가느다란 실선이 생기면서 검은 기운이 마구잡이로 새어 나왔다. 마족들에게는 생명과도 같은 흑마력이었다. 이것의 농도와 양에 따라 마계에서의 대접이 달라졌다.

"흐아아악! 안 돼!"

실선을 중심으로 퍼진 슈타이너의 기운이 율리온 남작의 육체를 갉아먹었다. 그는 덧없이 사라져 가는 자신의 목숨에 절망했다. 살고 싶었다. 조금만, 조금만 더, 그러다가 영원히 말이다.

푸스스스.

슈타이너가 율리온 남작이 떨군 아이템을 주워 들었다. 그레벨 치고는 그냥저냥 쓸 만한 편이었다.

"많이 세졌네?"

"에이, 너무 약해서 몸도 못 풀었어요."

끝내는 데 30분도 안 걸렸다. 스스로에 대해 뿌듯하다면 뿌듯하고 허무하다면 허무했다.

"열려라, 참깨!"

드르르릉!

슈타이너의 장난에 맞춰 다음 층으로 내려가는 입구가 개방됐다. 이틀이나 삼 일 동안 저 상태가 유지될 테고, 유저들은 그 시간을 이용해서 아래층 나들이를 떠날 것이다.

*　　　*　　　*

드르르릉!

석문이 저절로 올라가며 유저들이 하나둘씩 들어왔다. 입구를 지키는 고위마족이 죽으면 바깥의 유저들이 알 수 있게끔 표시된다. 그러지 않으면 마족의 생사 여부를 확인하지 못해 내려갈 수 있는 기회를 놓쳐 버린다. 유저들을 생각하는 운영진의 배려였다.

"우와! 셋이서 잡은 거야? 진짜?"

"슬슬 2차 전직도 풀리나 보네? 대륙십강의 전유물이 아니란 건가?"

"그 사람들이 대륙십강 아니야?"

"설마, 이런 곳에 왔을까?"

웅성웅성.

쉴 새 없이 몰려들었다. 한둘로 시작해서 수십이 수백 명이 되기까지 찰나도 안 걸렸다. 알테인에서 오래 생활한 유저들은 넉넉하게 버틸 보조 물품을 정비했다. 이후부터 보충 받을 수 없다는 걸 알아서다. 떨어지기 전에 빠져나오든가 죽든가 둘 중 하나였다.

아래층에도 안전지역은 있었다. 그렇기에 성격 급한 유저들이 떼로 몰려 내려갔다. 다른 유저들도 재차 출발했고 결국에는 100명만이 구석에 남았다. 이따금씩 소수 파티가 들어와서 숫자를 불려줌에도 남아 있는 숫자는 고스란히 유지됐다.

[이만하면 된 듯하다.]

[웅시자 파티는 맨 마지막에 잡는다. 우선은 일반 먹이들로 배를 채운다.]

그들 100명은 도플갱어 열 개 파티였다. 바하무트 일행이

2차 전직 유저라는 정보에 전력을 다하기로 결정했고, 계획을 짜서 실행에 옮겼다. 정확한 판단이었다. 세 명이서 입구를 지키는 고위마족을 죽였다. 허술하게 대처했으면 낭패를 봤을 것이다.

[출발.]

족히 수백 명 이상이 내려갔다. 그 많은 먹이를 전부 먹는다면 간만에 포식 좀 할 듯 보였다.

*　　　*　　　*

21층으로 내려온 유저들은 안전지역을 전진기지 삼아 가까운 지역을 둘러봤다. 몬스터의 레벨과 숫자가 약간 높고 많다는 것을 제외하면 위층과 크게 다른 점이 없었다.

"올라가자."

"괜히 시간만 낭비했다."

호기심을 충족한 유저들이 되돌아가려 했다. 바하무트의 예상이 맞아떨어졌다. 볼 것도 없었고, 효율 면에서도 나빴다. 안전하게 사냥하는 게 훨씬 나았다.

그런 생각을 대부분이 하고 있었는지, 갈림길 부근에서 몇 개의 파티가 합류하기도 했다.

"그쪽은 뭐 좀 봤어요?"

"아니요. 똑같던데요? 괜히 왔어요. 올라가려고요."

"저희도인데, 같이 가요."

뭉치면 살고 흩어지면 죽는다는 말이 존재한다. 어둠의 미궁에서는 그 말을 머리로 이해하게 된다.

사냥을 하려 했다면 자리싸움이 벌어졌을 수도 있겠지만, 단순하게 이동하는 정도라면 합류도 좋은 선택이었다.

탱강.

"어, 뭐지?"

유저 한 명이 발에 걸리는 물건을 주워 들었다. 아이템을 획득했다는 알림음이 들리면서 이름을 알려줬다. 서민들이 주로 쓰는 노멀 장비였다. 냉큼 인벤토리로 집어넣었다. 팔면 수십에서 수백 골드는 받는다. 무게도 가벼운 편이라 부담되지도 않았다.

탱강탱강.

아이템이 계속해서 발에 걸렸다. 유저들은 좋다고 주워 들다가 이상한 낌새를 느끼고는 몸을 일으켰다. 장담컨대 모두 한 번씩은 경험이 있을 것이다. 도플갱어에게 당한 경험이.

"아… 불길한 예감이 드는 건 착각이겠지?"

"미친! 어떡하지? 마을로 갈까? 마을로 가면 재시작이잖아!"

"난 돌아갈래! 절대 못 죽어!"

파팟!

알테인으로 돌아가면 다시 1층에서 내려와야 했다. 그럼에도 유저는 과감히 텔레포트 스크롤을 찢었다. 탁월한 선택이었다. 빠른 판단이 그의 레벨과 아이템을 지켜줬다.

폭풍전야의 전초전.

고요한 정적이 감돌았다. 암살자들은 그 고요함과 동화되어 유저들 사이사이로 파고들었다.

슈슈슈슉!

퍼퍼퍼퍽!

"으악! 씨발 도플갱어 개새끼들아!"

"레어만은 안 돼! 내가 몇 달을 고생한 건데!"

단검이 박히면서 치명타가 터졌다. 네다섯 명의 암살자가 목표를 집중 공격했다. 비단 이런 모습은 한 곳에서 일어나는 게 아니었다.

여러 군데에서 동시다발적으로 일어났다. 그만큼 도플갱어나 유저의 숫자가 많다는 증거였다.

유저들은 죽지 않으려고 발악했다. 그러나 넘어간 흐름은 돌아오지 않았다. 엄청난 규모의 유저가 죽으면서 그에 걸맞는 아이템들이 떨어졌다. 21층이 순식간에 정리됐다. 이제 남은 유저는 바하무트 일행과 그들을 노리는 도플갱어뿐이었다.

* * *

불타는 적발과 빛나는 금발이 나풀거렸다. 화려한 이펙트를 뽐내는 장비들도 고스란히 외부에 노출됐다.

최소 올 유니크 이상으로 도배한 이들의 정체는 바하무트와 슈타이너였다. 그들은 아래층으로 내려오자마자 은신의 망토를 인벤토리로 집어넣었다. 더는 남의 시선을 의식할 필요가 없었다. 이곳에는 자신들뿐이었다. 하고 싶은 대로 해도 괜찮 았다.

"으아아아! 편하다!"

슈타이너가 기지개를 켜며 큰 소리로 외쳤다. 감시받는 기 분에서 해방된 느낌이었다. 지금쯤 초입 부근은 위층에서 내 려온 유저들로 북적거리겠지만, 그들은 머지않아 돌아갈 것이 다.

거치적거리는 게 없어졌기에 일행의 이동 속도가 몇 배로 빨라졌다. 다가오는 몬스터는 폭화 언령술과 소닉 붐에 걸려 원킬에서 헤어나지 못했다. 떨어지는 아이템은 매직 이상만 줍고 노멀은 그냥 버렸다. 돈이라는 건 알아도 숙이기가 귀찮 았다.

시간이 지나고 지났다. 어느새 23층으로 내려가는 입구에 거의 다다르는 중이었다.

"잠깐만요."

"왜 그러십니까?"

브레인의 제지에 바하무트와 슈타이너가 경계 자세를 취했 다. 그가 멈추라고 말할 정도라면 제법 위험하다는 뜻이었다.

"그게 아니고요. 지역탐색하면서 플레이 포럼도 같이 봤는 데… 그냥 보시는 게 빠르겠네요."

브레인이 내용을 파티에 공유시켰다. 그에 플레이 포럼에 접속되며 조금 전에 올라온 게시글이 나타났다.

〈도플갱어 부대〉

작성자 : 헬렌 켈러

알테인 하면 뭐가 떠오르십니까? 저는 세 가지가 떠오릅니다. 어둠의 미궁과 붉은 눈물 길드, 그리고 도플갱어……. 단언컨대 이중 유저들의 적은 단언코 도플갱어라고 말할 수 있습니다.

보름 전에 알테인에 도착해서 파티를 구해 어둠의 미궁으로 들어갔습니다. 순조로운 출발과 사냥이 반복됐고, 20층까지 문제없이 내려갔습니다.

그런데 이게 웬일?

정체불명의 유저 세 명이서 고위마족을 죽이고 21층으로 가는 길을 뚫은 게 아니겠습니까? 저를 포함한 파티원들은 당연하다는 듯 내려갔고, 실망했습니다.

몬스터의 레벨과 출몰하는 숫자를 제외하면 그게 그거였거든요. 어쨌거나 위로 올라가려다가 어떻게 떨어졌는지 모를 아이템을 발견하고는 좋다면서 하나둘씩 주웠습니다. 네, 멍청했죠.

도플갱어에게 죽은 유저들의 아이템이었습니다. 봤으면 도망치지 왜 죽었냐고요? 21층에 실망한 파티들이 속속들이 모이더니 숫자가 수십 명이 훌쩍 넘어갔습니다. 불안하긴 해도 이 정도면 해볼 만하다고 생각했습니다. 착각이었습니다. 냄새를 맡았는지 도플갱어들이 튀어나왔고, 그 숫자가 무려 백에 가까웠습니다.

떼거리로 몰려와서 21층의 유저를 전부 죽였습니다. 수백 명입니다. 수백 명이 호기심을 못 이기고 내려갔다가 몰살당한 겁니다. 교

훈이 느껴지지 않습니까? 맞습니다. 길이 아니면 가면 안 됩니다. 가면 죽습니다. 명심하세요. ─2레벨+레어 아이템을 떨군 어느 병신이.

바하무트는 도플갱어들이 자신들을 쫓아왔음을 느꼈다. 저번에 뒤치기를 했던 암살자 파티도 그랬고, 퍼져 있는 소문과 이것저것을 조합하면 대충 그림이 그려졌다. 정확한 판단인지는 모르겠다. 일단 유저들이 내려왔다가 변을 당한 것은 확실했다.

"형, 요것들이 저희 노리는 거 같은데 어떡하실 거예요?"

"그런 거면 굳이 찾아갈 필요는 없잖아? 자기들이 알아서 찾아오겠지. 아니면 말고."

"붉은 눈물 길드가 아니고 도플갱어들인가?"

"보이는 대로라면?"

"아우! 하이에나 새끼들, 단체로 오면 좋겠네요. 단체 관광 시켜주게."

슈타이너가 창을 빙글빙글 돌려댔다. 도플갱어는 유저들에게나 위협거리지, 일행에게는 아니었다. 글의 내용처럼 백 명이 달려들어도 창질 몇 번이면 충분했다.

"오겠네요."

브레인이 머리를 긁적였다.

"온다니요?"

"도플갱어들이 몰려옵니다."

"오오! 재밌겠다!"

정밀탐색에 도플갱어들의 움직임이 포착됐다. 열 명씩 뭉친 숫자와 일정한 간격을 보건대 몬스터일 리가 없었다. 거리는 최초 팔백 미터 바깥에서 시간이 지날수록 좁혀졌다. 브레인은 도플갱어들이 어느 방향에서 들이닥칠지를 실시간으로 알려줬다.

"형은 브레인 님 지키고 있을게. 한번 날뛰어줘."

"죽이고 올게요. 빠져나오는 잔챙이만 상대해 주시면 돼요."

파팟!

슈타이너가 어지럽게 나 있는 미로를 통과하며 심심함을 달래줄 샌드백들을 찾아갔다.

*   *   *

띠딩!

도플갱어를 안내하는 길잡이에게 알림음이 들려왔다. 유저 한 명이 접근하고 있단다.

[유저가 접근하고 있습니다.]

[몇 명이지?]

[한 명입니다.]

[한 명?]

길드장이 황당하다는 말투로 되물었다. 어둠의 미궁에서 단독으로 행동하는 유저는 없다. 실력의 고하를 떠나서 길잡이가 꼭 필요했다. 레벨이 높은 것과 길 찾기는 무관하다.

[멈췄습니다.]

[정확한 위치는?]

[전방으로 100미터 지점입니다.]

[가면서 죽이면 되겠군.]

굳이 따로 떨어지거나 할 필요 없었다. 해일에 모래가 쓸려 나가듯 밀어버리면 된다.

스스스스.

100미터의 거리는 순식간에 좁혀졌다.

도플갱어들의 눈에 길잡이가 발견한 유저가 포착됐다. 그는 휘파람을 불면서 창에 기대어 있었다. 표정은 여유롭기 그지 없었다. 어둠의 미궁과는 참으로 안 어울렸다.

"새끼들, 이제 왔냐? 잘 뻗했다."

슈타이너가 반색하며 도플갱어들을 반겨줬다. 창을 꽂고 기다린 게 찰나에 불과해도 지루한 건 지루한 거였다.

"우, 우리가 보여?"

"은신 믿고 그러는 거? 믿을 걸 믿어라. 끽해야 숙련도 최상 급밖에 안 됐구먼."

도플갱어들은 기본적으로 기척을 없애주는 은신의 망토를 착용한다. 더 나아가 은신마저 사용하면 코앞에 있어도 모르는 경우가 허다했다. 어둠 속에서는 10%의 능력치 증가 버프도 받는다.

그런데 그 모든 것이 간파당했다.

자세히 살펴보면 슈타이너의 눈동자가 은은한 황금색으로 빛나고 있음을 알 수 있다. 용족의 용마안이었다. 거리가 멀다면 알아채지 못했겠지만, 가깝다면 은신 정도는 쉽게 알아챘다. 은신의 망토는 기척을 없애줄 뿐, 모습을 감춰주는 투명망토는 아니었다.

'본 기억이 있다. 누구지?'

도플갱어 길드장이 긴가민가해했다. 익숙한 얼굴인데 기억이 흐릿했다.

대륙십강의 얼굴을 모르는 유저는 없었다. 그저, 자신이 보는 자와 동영상에서 보던 자를 일치시키지 못하는 것이었다. 은연중에 그럴 리가 없다는 생각이 밑바탕이 깔려서다.

"왜 자꾸 따라오는 거냐?"

"무슨 뜻이지?"

"너희가 따라와 놓고 무슨 뜻이냐고 반문하면 내가 뭐라 그래? 원하는 게 유니크 아이템이야?"

"…그렇군. 응시자 파티의 한 명인가? 은신의 망토를 벗어서 못 알아봤다."

"알아봤으면 죽이겠다는 소리로 들리는데?"

[목표를 포위하라. 2차 전직유저일 가능성이 높다.]

파팟

"이 새끼들이?

슈타이너가 기대어 있던 몸을 곧추세웠다. 음침한 도플갱어들답게 침묵으로 일관했다. 말할 생각이 없어 보였다.

그렇다면 그 상태 그대로 죽으면 된다.

* * *

콰콰콰쾅!

독사왕의 이빨은 끝과 끝의 길이가 3미터에 다다른다. 팔
길이까지 합한다면 공격 범위는 더더욱 넓어진다.

거리에서 밀린다고 판단한 도플갱어들은 철저하게 치고 빠
지는 식으로 전투를 진행했다. PK경험이 풍부했기에 공수 전
환이 자연스러웠다.

퍼퍼퍼퍽!

"큭!

슈타이너의 등판에 표창이 박히면서 공격과 중독 데미지가
동시에 들어갔다. 등을 돌리려고 하자 독가루가 시야를 차단
했다.

바닥에 부비트랩들을 깔아놓는 등 자잘한 공격들이 쉬지 않
고 이어졌다. 도플갱어들의 장비는 유저들을 죽이는 데 유리
한 쪽으로 특화됐다. 가랑비에 옷이 젖듯 생명력이 줄어들었
다. 정신이 하나도 없었다. 이런 놈들에게 고전을 하다니, 화
가 치밀었다.

"이것들이 진짜!"

소닉 붐(sonic boom) : 전반 이식.

분영(分影) : 그림자 나누기.

슈타이너의 주변에 분영이 생성되며 전방위를 향해 쏟아져 나갔다. 도플갱어들이 다급히 물러섰지만 속도에서 밀렸다.

퍼퍼퍼펑!

분영에 휩쓸린 육체가 벌집이 되는 것으로도 모자라서 사라져 갔다. 워낙에 많은 구멍이 뚫려 제 형태를 유지하지 못해서다.

일격에 열 명 가까운 도플갱어가 죽었다. 슈타이너는 인간 상태로나마 전력을 다하기로 했다. 일전에 상대했던 데몬 나이트 율리온 남작보다도 이놈들이 더 짜증났다.

'이 창술!'

길드장은 이와 비슷한 창술을 본 적이 있었다. 실제로 본 건 아니고 동영상에서였다.

"황금의 학살자!"

"얼씨구? 네가 뭔데 감히 내 별명을 불러? 내 별명 부르지 마!"

슈타이너의 눈에 광기가 엿보이며 도플갱어들에게로 쇄도했다.

용투기를 전개해서 공격을 방어했고, 간간히 포션을 복용해서 생명력을 회복시켰다.

'잘못 건드렸구나!'

정신이 번쩍 들었다.

그가 진정 황금의 학살자라면 일행 중에 바하무트가 있을 확률이 높았다. 둘은 포가튼 사가에서 가장 유명한 콤비였다.

응시자 파티의 정체를 확인하지 않은 게 실수로 다가왔다. 되돌릴 수도 없으며 용서해 달라 해서 용서해 줄 것 같지도 않았다.

"응시자 잡을 때도 뒤치기 들어오더니, 더러운 놈들! 뒈져서 아이템이나 떨궈!"

"헛소리! 너희가 응시자를 잡을 때는 존재 자체도 몰랐었다! 도플갱어와는 관계가 없어!"

"발뺌은 저승에 가서."

소닉 붐(sonic boom) : 후반 칠식.
구풍잔격(九風殘擊) : 아홉 바람을 잔인하게 뚫다.

콰콰콰쾅!

'속았다. 응시자를 잡은 것도 유니크는 가진 것도 사실이지만, 그 대상이 대륙십강이었다니.'

하나둘 줄어가는 수하들은 보던 길드장의 눈빛이 침체됐다. 정체를 알았다면 유니크든 뭐든 무시했을 터였다. 덫에 걸렸다. 누가 놓은 덫인지도, 노리는 게 저들인지 도플갱어 자신들인지도 모르겠다. 멍청하게 정보 조작에 걸려 잠자는 호랑이를 건드렸다.

'샤펠라… 그가 유력하다.'

붉은 눈물 길드의 전력은 도플갱어들보다 강했다. 어둠의 미궁은 그들의 영역이었다. 소문을 퍼뜨리거나 정보 조작을 하는 일은 손바닥 뒤집듯이 쉬웠다.

서로 상관치 않기로 정해놨어도 현실의 법조항도 아닌 구두로 맺은 무의미한 협약이었다. 언제든지 어길 수 있는 그런 협약 말이다.

[모두 도망쳐라.]

[길드장!]

[벌써 반 이상이 죽었다.]

그 말이면 충분했다.

타타타탓!

빠른 명령 체계를 자랑하듯 도플갱어들이 사방으로 흩어졌다.

슈타이너가 뒤쫓으려 했지만 몸뚱이가 하나인 관계로 포기했다. 대신 대장 놈은 포기할 수 없었다.

등이 보였다.

도망치는 놈의 등이.

소닉 붐(sonic boom) : 전반 삼식.

뇌격(雷擊) : 번개 치기.

콰르르릉

"크억!"

우렛소리를 내포한 뇌격의 베기가 길드장의 등을 깊게 베었다. 그는 그대로 꼬꾸라졌다.

"어딜 가려고?"

콰득!

슈타이너가 그의 등을 발로 짓밟았다. 299레벨의 근력 보정에 의해 옴짝달싹 못하는 신세로 전락했다.

"니들은 그따위로 살고 싶냐?"

"PK도 게임을 즐기는 방식이다."

"말은 잘하네."

그의 말이 맞다. 그건 부정하지 않는다. 그러나 그 방식으로 인해 유저들은 피눈물을 쏟아냈다.

그렇기에 어떤 관점에서 봐도 곱게 봐주기가 어려웠다. 아이러니했다. 즐기라고 만든 콘텐츠임에도 옳고 그른 점을 구분하기가 애매했다.

"슈타이너, 네놈도 속은 거다."

"내가? 누구한테?"

"응시자를 잡을 때 뒤치기를 당했다고 했나? 그건 내가 한 짓이 아니다."

"똘마니들이 했겠지."

길드장이 고개를 저었다. 도플갱어들은 정해진 시간과 활동 범위를 준수한다. PK를 밥 먹듯이 하면서도 죽지 않고 이득을 취하는 데는 그만한 이유가 있는 법이었다.

"한 번이나 두 번이나 뭐가 다르지? 내가 정말 그랬다면 지금 와서 부정할까?"

"하고 싶은 말이 뭐야?"

길드장은 본론을 꺼냈다. 질질 끄는 것도 성미에 안 맞았고, 조금 전에 당한 공격으로 죽어가고 있었다.

"샤펠라가 의심스럽다. 꼭 일부러 싸움을 붙인 것 같거든."

"그놈도 의심하고 있긴 했지, 그런데 이런 일을 저지를 만큼 사이가 나쁘지는 않은데……."

"결과에는 자연스레 원인이 뒤따른다."

"흠……."

슈타이너가 기억을 더듬었다. 샤펠라와는 딱 한 번 마주했기에 기억하기가 쉬웠다.

찡긋.

눈살이 절로 찌푸려졌다. 첫 만남은 불쾌했다. 정확히 말하면 만난 이후 나눴던 대화가 그의 기분을 바닥까지 끌고 내려갔다. 그래서 대충대충 대답하고 빨리 끝냈었다.

"분명 있다. 잘 기억해라. 그리고 내 말이 사실이라면… 도플갱어들… 에게… 자비를……."

한계에 달한 길드장이 충고와 자비를 부탁하며 강제 로그아웃당했다. 슈타이너는 그가 죽었음에도 딴생각에 여념이 없었다.

"형한테 물어봐야겠다. 기억이 가물가물하네."

슈타이너가 바하무트에게로 돌아갔다. 당시 바하무트와 동행했었기에 물어보면 도움 될 만한 게 있을 수도 있었다.

28장
거래

슈타이너가 도플갱어와의 전투를 끝냈을 쯤, 샤펠라는 22층의 고위마족을 죽이고 휴식을 취하던 중이었다. 그는 점점 한계에 다다름을 느끼고 있었다.

이번 전투에서는 정말 아슬아슬했다. 간발의 차이로 승리를 거뒀다. 이래서야 23층 돌파는 무리였다.

"길드장, 플레이 포럼에 흥미로운 글이 올라왔습니다."

"내용은?"

"도플갱어들이 21층으로 내려간 유저들을 몰살시켰답니다. 아마도 바하무트들이 뚫어놓은 듯합니다."

"그렇겠지."

"죽일 수 있으리라 여기십니까?"

부관이 조심스럽게 물어봤다.

그는 불가능하다고 생각했다. 도플갱어 따위로는 대륙십강의 둘은커녕, 한 명도 죽이지 못한다.

"아니."

"일이 잘못돼서 꼬인다면 어쩌시겠습니까?"

"잘못돼도 피해보는 건 없다. 왜인지 궁금한가?"

"……."

"내 현실의 직업이 심리상담사인 건 알겠지? 나는 그들과 대화를 나누면서 둘의 유형을 살펴봤다. 슈타이너는 제 기분 내키는 대로 행동하는 성격이다. 게임 센스는 뛰어날지 몰라도 전형적인 보통 사람이라고 보면 된다. 내가 도플갱어들을 움직였음을 알게 된다면 필시 이를 갈 게 뻔해. 그러나 바하무트는 달라. 그는 극단적인 걸 좋아하지 않아. 될 수 있으면 중간점을 찾으려 하는 성격이다. 한 단어로 정의하면 타협이라고나 할까? 현실에서 그렇게 교육을 받았거나 지켜야 될게 많은 이가 대체로 그렇지."

"타협하시겠단 말씀이십니까?"

부관은 샤펠라가 말하려는 핵심을 파악했다. 다만, 의아한 건 무엇을 위한 타협이냐는 것이었다.

"나한테 재미난 게 들어왔거든?"

도플갱어들 속에는 그가 포섭해 놓은 간자가 몇 명 있었다. 그들에게 자료 하나를 받아 슈타이너를 옭아맬 그물을 만들었다. 당사자에게는 안 통할 테지만, 바하무트라면 중간점을 찾아 타협하는 쪽을 선택할 것이다. 샤펠라가 노리는 건 그것이었다.

"이곳에서 기다린다."

어차피 내려가고 싶어도 힘에 부쳐 내려갈 수가 없었다.

이곳저곳 돌아다니면서 기운을 뺄 바에야 한 곳에서 바하무트 일행을 기다리는 게 이득이었다.

*　　　*　　　*

슈타이너는 바하무트의 도움을 받아 과거를 회상했다.

일 년도 더 된 오래전의 일이었다. 그 시기는 슈타이너에게 있어서 인생의 암흑기였다. 타마라스에 의해 하나뿐인 여동생이 실어증에 걸린 게 그쯤이었던 것으로 기억한다.

광기에 눈이 멀어 검은 악마 길드와의 전쟁으로 하루하루를 보냈다. 만약 바하무트의 도움이 없었다면 무한PK를 당해 게임을 접었을 것이다.

타마라스 역시 대륙십강의 한 명이었다. 홀로 그와 수만 명의 길드원을 상대로 싸워 이길 수는 없었다. 어쨌거나 타마라스는 바하무트의 무력에 짓눌려 백기를 들고 잠수를 탔다. 그때까지도 슈타이너는 동생을 망쳤다는 죄책감에서 헤어 나오지 못했다.

'바람이나 쐬자.'

뜬금없는 제안에 그가 이끄는 대로 알테인으로 향했다.

들어가는 순간부터 모든 것을 잊고 사냥만 할 수 있다는 어둠의 미궁이 목적이었다. 사전조사의 부족으로 알테인의 환경에 눈이 어두웠다.

그 때문에 도착했던 당일, 먹이로 오인 받아 수백 명의 유저에게 공격당했다.

분노를 억누르고 있던 슈타이너는 물러서지 않았고, 한 명도 남김없이 현실로 돌려보냈다.

심지어는 도망치는 유저도 뒤따라가서 죽였다. 소란 속에 정체가 들통 났기에 유저들의 관심을 독차지하며 알테인에서의 생활이 시작됐다.

NPC맵퍼를 고용해서 어둠의 미궁을 탐험했다. 그러다가 며칠이 지나면서 알테인을 다스리던 샤펠라가 둘의 소문을 듣고 휘하 길드원을 보내 자신의 저택으로 초대했다.

처음에는 거절했다.

알테인에 오기 전에는 몰랐지만, 오고 나서는 그에 관한 악명을 귀에 못이 박히도록 들어서였다. 슈타이너는 타마라스 같은 부류와는 상종을 하지 않기로 다짐했기에 의지가 확고했었다.

바하무트는 생각이 달랐다.

상대의 소문이 안 좋아도 정중하게 부탁하면 한 번쯤은 응해주는 게 예의였다. 그는 현실에서 사업을 하면서 이런 경우를 종종 겪었었다. 그렇기에 못이기는 척 슈타이너를 설득했다.

'붉은 눈물 길드를 이끄는 샤펠라라고 합니다. 대륙십강의 두 분을 뵙게 되어 영광입니다.'

샤펠라와의 첫 만남.

바하무트가 느끼기에 인상 자체는 괜찮았다. 대길드의 수장들이 그러하듯, 적지 않은 카리스마를 보유한 인물이었다.

속으로 무슨 꿍꿍이를 지녔든 겉으로 표현만 안 한다면 상관없었다. 그는 샤펠라가 대해주는 만큼 공손하게 행동했다. 원래 성격이 그랬기에 세삼 신기하지도 않았다.

그러나 슈타이너는 바하무트처럼 대인배가 아니었다. 그는 평범했다. 화가 나면 말보다 주먹이 먼저 나가고 남보다는 제 자신이 소중한 사람이었다.

샤펠라는 알테인을 무법도시로 만든 장본인이었다. 타마라스에게 악감정을 품은 상태에서 비슷한 부류가 나타나자 불쾌한 감정이 치솟았다. 한마디 한마디가 귀에 거슬렸다. 가장 거슬리는 건 무법도시를 자랑스럽게 소개하는 것이었다.

인간의 본성이 살아 숨 쉰단다. 서로 칼을 들이미는 게 인간의 본성이란다. 동물의 왕국도 아니고, 어처구니가 없어서 헛웃음이 나왔었다.

시작부터가 잘못됐다.

첫 만남에서 첫 단추를 잘못 꿰면 제아무리 좋게 보려 해도 그럴 수가 없게 된다. 슈타이너는 불쾌한 감정을 숨김없이 드러냈다.

바하무트가 파티 음성으로 몇 번이나 제재를 가했지만 들어

먹지를 않았다. 고삐 풀린 망아지처럼 하고 싶은 말을 쏘고 잠시 침묵하더니, 인사도 하지 않은 채 저택을 벗어났다.

바하무트가 따라가서 사과하라고 했지만, 쇠귀에 경 읽기였다.

샤펠라의 행동이 불쾌했어도 각고의 노력 끝에 이룩한 그만의 결과물이었다. 마음에 안 든다고 본인의 잣대로 재면 안 된다.

평소 슈타이너는 바하무트의 말이라면 끔뻑 죽었다. 누구보다 그 본인을 이끌어줬고 그가 들려주는 말은 항상 옳았다. 하지만 타마라스를 향한 분노와 동생을 지키지 못한다는 책임감이 그의 눈을 가려 버렸다. 이후로는 어둠의 미궁으로 들어가서 40층까지 공략한 게 전부였다.

그리고 시간이 흐르고 흘러 오늘날까지 이르렀다.

＊　　　＊　　　＊

"그때는 정말 무례했다. 나도 샤펠라가 자아도취에 빠진 자 같아서 썩 마음에 들지 않았거든? 그렇지만 알테인의 주인으로서 우리를 초대했고, 그에 걸맞은 대접을 해줬다. 그런데도 넌 타마라스에게 쌓인 악감정을 그에게 풀었어. 불쾌하다는 이유로."

"형, 저는 이해할 수가 없어요. 잘못했다고 해도 일 년이 훨씬 넘은 일이에요. 그 뒤끝이 여태까지 남는다는 게 말이 돼요?"

"그걸 누가 정하는데?"

"네?"

"뒤끝의 유통기한을 정하는 게 누구일까?"

"그거야……."

일을 벌인 자는 금방 잊어도 당한 당사자는 잊지 못한다. 기한을 정해야 한다면 샤펠라가 정하는 게 당연했다. 붉은 눈물 길드를 이끄는 수장답게 자존심이 대단할 것이고, 그런 개무시를 당했으니 분한 마음에 몇 날 며칠 밤잠을 설쳤을 게 분명했다.

"거봐. 대답 못하겠지?"

"그렇다고 도플갱어를 이용해서 뒤치기를 해요?"

사과를 받고 싶으면 연락하면 될 것을, 도플갱어를 이용한 건 좋게 넘어가기 어려웠다. 누가 자기를 때렸다고 칼로 찔러 죽일 수는 없었다.

"사람의 성격은 다 제각각이니, 앙갚음의 방식도 제각각이겠지. 그리고 연락하면 네가 퍽이나 사과하겠다."

"용서해 줘야 해요?"

"글쎄… 정말 목적이 우릴 죽이려는 것이었을까 싶네."

자신들이란 것을 알았다면 건드릴 수준이 아니란 것도 알 것이다. 못 먹는 감 찔러나 보잔 심보였다면 할 말이 없지만, 더 깊은 꿍꿍이속이 있다면 그게 무엇인지 궁금했다.

"솔직하게 말할게요. 이런 일이 안 생겼으면 모르되, 이렇게

까지 한 이상 별로 사과하고 싶은 생각은 없어요. 서로 비긴 걸로 치면 좋겠어요."

"그래, 그것도 나쁘지는 않겠다."

바하무트는 슈타이너의 의견을 듣고 조용히 덮기로 했다. 잘잘못을 따져 봐야 구차해질 뿐이었다.

"다 왔네요."

과거를 회상하다 보니 시간이 빠르게 지나갔다. 어느새 23층으로 내려가는 입구에 도착했다.

"오늘은 여기만 깨고 끝내자."

"네."

드르르릉!

석벽이 열리면서 바하무트 일행이 발을 내디뎠다. 고위마족만 죽이고 하루를 마무리할 셈이었다.

"어?"

"어라?"

바하무트와 슈타이너가 돔 내부를 보며 눈을 껌뻑였다. 브레인도 예상외의 광경에 고개를 갸웃거렸다.

수백 명의 유저가 바하무트 일행을 쳐다보고 있었다.

놀라웠다. 마의 벽이 뚫린 것이다. 그리고 그 유저들에게 둘러싸인 이의 정체는 더 놀라웠다.

"왔군요. 기다리고 있었습니다."

붉은 갑옷을 착용한 유저가 바하무트 일행을 반겨줬다. 모르는 사람이보면 친한 사이라고 오해할 법한 모습이었다.

"샤펠라……."

"오! 슈타이너 님, 오랜만이군요."

슈타이너의 음성에 적의가 깃들었다.

숨어도 모자랄 판에 당당하게 자신을 드러냈다. 그것도 수백 명의 길드원을 대동하고서 말이다.

[브레인 님, 뒤로.]

바하무트가 브레인을 가렸다. 쉽게 보호하기 위해서다. 23층까지 왔다면 샤펠라 본인이 2차 전직을 했다는 말과도 같았다. 큰 위협은 아니라도 만에 하나라는 말이 존재했다.

"아! 싸우려는 게 아닙니다. 한 번 건드려 본 걸로 족하니까요."

"부정하지 않겠다는 말이신지?"

"예, 제가 했습니다. 도플갱어와 당신들의 관계를 이간질해서 싸움을 붙였습니다."

"죽이려던 게 맞습니까?"

"맞습니다. 그러려고 했습니다."

바하무트가 눈살을 찌푸렸다. 샤펠라의 자신이 벌인 일을 숨기지 않았다. 도통 속을 모르겠다.

"도플갱어들에게 이야기를 들었습니다. 배후에 당신이 있을지도 모른다더군요. 과거에 무례를 범한 일도 있어서 슈타이너와 없던 일로 정했습니다. 그만 길을 비켜주시지요."

"없던 일이라… 그건 좀 어렵겠습니다만?"

"싸우려는 거도 아니고, 없던 일도 어렵다고 하면 원하는 게 뭡니까?"

"역시, 누구와는 다르게 바하무트 님은 대화가 통하는 분입니다. 거두절미하고 본론으로 들어가죠."

"본론?"

터벅터벅.

챙!

"가까이 다가오지 마. 썰어버리기 전에."

샤펠라가 걸어오자 슈타이너가 창을 들어 위협했다. 2차 전직 유저라면 충분한 위협이 된다.

"아아! 이걸 모두가 모든 앞에서 재생하면 큰일 날 텐데요? 제가 겨우겨우 입을 막아놨거든요."

"재생? 막아? 무슨 소리를 하는 거지?"

"허락하는 걸로 알죠."

샤펠라는 슈타이너가 아니라 바하무트에게로 다가갔다. 그에 바하무트가 파티 음성으로 말했다.

[나에게 볼일이 있는 듯하다. 브레인 님 옆에 있어라.]

[네, 형.]

바하무트가 샤펠라와 시선을 마주했다.

묘한 긴장감이 흘렀다. 재생을 한다는 것과 입을 막았다는 게 무슨 뜻인지를 알아야겠다.

스윽.

우우우웅!

샤펠라가 바하무트의 손을 잡고 동영상 하나를 건네줬다.

타인에게 보여주지 않으려면 신체 접촉이나 친구를 맺어야 했다.

친구를 맺어줄 리는 없으니, 신체 접촉을 해야 했다. 이리하면 남들이 듣지 못하는 음성대화도 가능했다.

[이게 뭡니까?]

[한번 보고 판단해 주시길.]

바하무트가 긴가민가해하며 동영상을 재생시켰다.

전문가의 솜씨로 깔끔하게 편집된 여러 개의 동영상이 그의 시야를 어지럽혔다. 한 유저의 이미지를 깎아먹을 내용으로 가득했다. 그리고 그 한 유저는 다름 아닌, 슈타이너였다.

*   *   *

바하무트의 얼굴에서 표정이 사라졌다. 찰나간의 변화였다. 어떠한 기색이나 감정도 비춰지지 않았다. 그야말로 완벽한 무표정, 그 자체였다.

동영상 하나하나를 자세하게 살펴봤다. 하나같이 악의적인 편집을 거친 상태였다.

해설도 비슷했다. 슈타이너가 다혈질이긴 해도 무작정 일을 벌이지는 않는다. 반발이 심해도 벌이는 데는 그만한 이유가 뒤따랐다.

그런데 이건 원인을 없애고 결과만을 나타냈다. 예전 영상이야 원본이 있어서 그러려니 하겠지만, 최근 어둠의 미궁에서 죽인 유저에 관한 것은 너무하다 싶을 만큼 불리했다.

'흐음……'

샤펠라는 초조해하지 않고 느긋하게 기다렸다. 말을 꺼내지 않아도 바하무트가 이야기를 진행해 줄 것이다.

[재미있군요.]

[마음에 드셨다니 다행입니다.]

예상대로 바하무트가 먼저 움직여 줬다. 이제부터가 중요했다. 과하지도, 부족하지도, 상대의 심기를 건드리지 않는 선에서 원하는 걸 얻어내야 했다. 지나친 욕심은 화를 부른다. 힘으로 짓누를 수 있는 상대가 아니었다. 대화로 풀어가는 게 옳았다.

[원하는 게 뭔지는 몰라도 제가 응하리라고 봅니까?]

[왜 그 영상을 당사자가 아니라 바하무트 님에게 보여줬을까요? 생각해 보면 간단합니다.]

샤펠라는 심리상담사 일을 하며 인간의 뇌가 참으로 복잡하면서도 단순하다는 것을 매번 깨닫는다.

자신과 관련된 일보다도 타인과 관련된 일에 지나칠 정도로 관심을 표현한다. 이런 게 기준치를 넘어서서 극에 치달으면 집착 등의 안 좋은 쪽으로 변질된다.

슈타이너에게 보여줬다면 어땠을까?

생각할 것도 없이 창을 겨눴을 것이다. 길드 소속도 아닌 개인 유저였기에 평판 따위는 신경 쓰지도 않는다.

바하무트도 마찬가지였다. 그와 관련된 영상으로 거래를 요청했다면 거절은 물론이고, 지금쯤 돔 내부가 불바다로 화했을지도 모른다. 그러나 둘을 바꾼다면 결과가 달라진다.

[바하무트 님이 거래에 응하지 않으시면, 그 영상이 플레이포럼에 등록될 것입니다. 그리되면 대륙십강을 시기하는 유저들의 비난이 슈타이너 님에게 집중되겠지요. 시간이 지나면 수그러지겠지만, 욕을 먹는 건 막을 수 없습니다. 제 말이 틀렸습니까?]

[욕이라……]

[동생을 비난받게 하시겠습니까?]

바하무트는 샤펠라가 머리를 잘 썼음을 느끼고는 실소를 지었다.

거절해도 상관은 없다.

그동안 먹었던 욕을 나이로 계산하면 수천 년 이상을 살 것이다. 한두 번쯤 더 먹어도 그게 그거였다.

그런데도 무시하지 못하겠다.

여기서 손을 놔버리면 슈타이너가 욕을 먹는다. 슈타이너도 그랬을 것이다. 제 녀석을 협박하는 게 아니라 자신을 걸고넘어졌다면 화가 날지언정, 함부로 행동했을 리가 없었다.

[원하는 게 뭡니까?]

[응하시는군요.]

[착각하시는 것 같아서 한 말씀 드리겠습니다. 니쿠룸 관련 칼튼 자작령의 영상을 보셨을 겁니다. 혼자서 알테인 전체를 상대할 수는 없지만, 적어도 붉은 눈물 길드를 뒤엎는 건 가능합

니다. 슈타이너를 봐서 참는다는 걸 아셨으면 좋겠습니다.]

바하무트는 슈타이너를 위해서 딱 한 번만 참기로 했다. 한 번 참아서 욕 안 먹게 할 수 있으면 그것도 그것 나름대로 괜찮았다.

아마 슈타이너가 둘이 하는 대화를 들었다면 휘둘린다 생각하고 게거품을 물었을 것이다. 마음에 들지 않는 상황임은 분명했다.

[거절하셨어도 상관은 없습니다. 그 당시에 느꼈던 굴욕감은 대단했거든요. 똑같이 되돌려 주고 싶었을 만큼.]

[제가 생각해도 슈타이너가 잘못했다는 것, 인정합니다. 하지만 이런저런 좋지 않은 방법으로 거래를 걸어왔기에 더는 말을 섞고 싶지 않군요. 단도직입적으로 묻겠습니다. 원하는 게 뭡니까? 어지간하면 여기서 들어줄 수 있는 거면 좋겠는데?]

[이미 눈치채셨겠지만, 저는 2차 전직을 했습니다. 1차 때는 몰랐습니다. 2차 전직의 힘의 이리도 강한 줄을.]

[본론만 간단하게.]

바하무트는 서론을 생략하라며 직접적으로 표현했다.

샤펠라가 어깨를 으쓱거렸다.

[힘이 강해진 만큼, 엄청난 경험치의 가중으로 레벨업이 힘듭니다. 밑으로 내려가고 싶은데, 부담이 되는군요.]

샤펠라는 더욱 밑으로 내려가고 싶었다.

2차 전직 유저들은 부레논에게 40층까지의 퀘스트를 받을 수 있다. 아이템은 둘째 치고 전부 완료하면 폭발적인 레벨 증가가 보상으로 주어진다.

문제는 힘에 부쳐 내려갈 수가 없었다. 이런 상황에서 바하무트가 버스를 태워준다면 사냥 경험치는 못 먹어도 퀘스트는 저절로 완료된다. +10레벨업은 하고도 남을 것이다.

[2차 전직을 했다면 목표가 39층이겠군요. 딱 거기까지가 부레논에게 받을 수 있는 범위니까.]

[뭐, 그렇습니다.]

[일단 파티를 말하는 거면 거절하겠습니다. 이 파티는 아무나 들어올 수 없습니다. 대신 39층까지 내려갈 수 있도록 약간의 도움을 줄 수는 있습니다.]

[도움이라면 어떤 도움을 말씀하시는 건지?]

[레벨이 몇인지를 알려주고 착용한 장비 목록을 보여줬으면 좋겠군요.]

바하무트의 말에 샤펠라가 망설였다. 사실상 모든 것을 알려달라는 말과도 같았다. 고민은 그리 길지 않았다.

[싫으십니까?]

[아닙니다. 보여 드리죠.]

띠딩!

알림음이 울리며 샤펠라의 캐릭터창과 장비 목록이 바하무트의 시야에 들어왔다. 대길드의 길드장답게 유니크와 레어가 반반씩 섞인 준수한 수준이었다.

일반 유저들과 비교하면 독보적이었지만, 대륙십강에게는 아직 한참이나 모자랐다.

'219레벨, 혈속성? 특이속성이군. 있을라나……'

바하무트가 아공간을 열어 혈속성 관련 아이템이 있나 없나 살펴봤다. 유니크와 레어만 수백 종류였다.

뒤지다 보면 한두 개쯤은 나올 것이다.

'아, 이게 있었구나.'

[듀렌달의 흡혈마검 : 유니크]

설명 : 마계의 고귀한 혈통, 뱀파이어 남작 듀렌달이 강력한 마수의 뼈로 검날을 세우고 자신의 순혈을 섞어 만든 불길한 검이다. 피를 흡수할수록 강해지며, 모자를 경우, 소유자의 생명력을 갉아먹는다.

제한 : 2차 전직 이상, **종류** : 장검, **내구도** : 500/500,
공격력 800~1,200, 근력 +50, 체력 +50, 민첩 +150, 지능 +50.
마력 소모 : ─10%, 혈속성 강화, 저항 +40.

일반 옵션 : 적과 소유자의 피를 흡수할수록 강해진다. 최대 공격력 300 증가.

특수 옵션

1. 블러디 드레인 : 마검에 쌓인 피의 힘을 소유자의 생명력으로 전환시킨다. 피만 충분하다면 불사도 꿈이 아니다. 대신, 검의 공격력이 약해지며 그에 따라 소유자의 생명력을 지속적으로 흡

수한다.

뱀파이어 남작 듀렌달.

과거 어둠의 미궁 35층에서 죽였었던 고위마족이었다. 남작
주제에 250레벨이 넘었었다. 검법과 혈마술에 조예가 깊었기
에 상대하기가 굉장히 까다로웠던 걸로 기억한다.

'아깝다.'

바하무트가 혀를 찼다. 듀렌달의 흡혈마검은 소장 가치가
훌륭한 아이템이었다. 정말이지 남 주기에는 아까웠다.

그밖에도 혈속성 아이템을 몇 가지 더 꺼냈다.

샤펠라가 착용한 것보다 좋은 부위로만 골랐다. 그리고는
망설임 없이 거래를 요청했다.

[이것들을 잘 이용하면 큰 도움이 될 겁니다.]

[이, 이건!]

샤펠라가 흡혈마검의 옵션을 보고서는 눈을 부릅떴다. 무기
는 그가 가장 바꾸고 싶었던 부위였다. 특이 속성인 혈속성 아
이템이 흔한 게 아니라서 그러지 못했을 뿐이었다.

[그 동영상 알아서 폐기하시길, 같잖은 수작질을 부리다가 걸
린다면 떠돌이 신세로 만들어 드리겠습니다.]

바하무트는 간단한 협박으로 거래를 마무리했다.

눈앞에서 삭제하라는 등의 말은 하지 않았다. 한 번은 넘어
간다. 그러나 두 번은 없다.

"가자."

"형, 무슨 말 했어요?"

슈타이너가 궁금한지 대화 내용을 물어봤다. 브레인도 아닌 척하면서 눈을 반짝였다.

"응? 그냥저냥, 잘 타협했어. 일 복잡하게 만들어서 좋을 게 없잖아?"

"맞는 말이긴 한데, 왜 이렇게 찝찝하죠?"

"기분 탓."

바하무트가 슈타이너의 머리를 마구 헤집었다. 거래는 끝났다. 자신과 샤펠라만 입을 다물면 된다. 굳이 알려줘서 분란을 일으켜 봐야 일만 복잡해진다.

샤펠라는 그때까지도 아이템의 옵션에서 헤어 나오질 못했다. 고작 유니크라도 누가 지니느냐에 따라 가치가 달라진다.

[아, 한 가지 더.]

바하무트가 일행들을 데리고 다음 층으로 내려가려다가 샤펠라를 스치면서 어깨를 붙잡았다.

[나에게는 적이라고 생각되는 존재가 세 명이 있습니다.]

[무슨 뜻인지?]

[그 세 명은 타마라스, 니쿠룸, 레이란입니다. 게임을 접게 만들고 싶을 정도로 싫어하는 자들이죠.]

[……]

[축하드립니다. 그들과 동일선상에 오르신 것을.]

쑤욱.

그 말을 끝으로 바하무트가 22층에서 모습을 감췄다. 샤펠라는 그가 사라진 자리를 쳐다보다가 흡혈마검으로 시선을 돌렸다. 사이가 틀어졌어도 이만하면 성공적인 거래였다. 공격력이 두 배로 높아졌다. 그래서인지 표정에서 웃음기가 감돌았다.

후우우웅!

샤펠라가 흡혈마검을 휘둘렀다.

당장 큰 도움이 되지는 않겠지만, 250레벨만 찍어도 대륙십강의 뒤를 이을 강자로 부상할 수 있었다.

"길드장, 어찌하시겠습니까?"

"뒤따라간다."

잔머리를 굴리기로 했다.

바하무트가 각층의 고위 마족들을 죽여주면 내려가기가 수월해짐과 동시에 몇 가지 퀘스트도 저절로 해결된다. 위해를 가할 생각은 없었다. 그저 도움 좀 받으려 함이었다.

*　　　*　　　*

바하무트 일행이 어둠의 미궁에 들어온 지도 한 달이 흘러갔다. 그동안 미궁을 탐험하면서 돈 주고도 못 얻을 귀중한 정보를 얻었다. 그것은 고위마족들의 재생성 시간이었다. 남작과 자작은 죽어도 이삼 일이면 되지만, 백작부터는 일주일이 넘게 걸렸다.

어떻게 알았냐고?

브레인의 스킬 중에는 일정 지역을 지정해서 감시하는 스킬이 존재한다. 딜레이가 워낙에 길어서 꼭 필요할 때가 아니라면 자제해야 했다.

어쨌거나 백작은 강함에 따라 일주일에서 열흘까지 다양했다. 후작은 아직 만나보지 못했다.

현재 위치는 69층으로 슈타이너가 상대하고 있는 백작만 쓰러뜨리면 70층으로 내려가 후작과 마주할 것이다.

콰콰콰쾅!

현신해서 황금빛 용투기를 사방에 흩뿌리는 슈타이너와 검은 기운을 줄기줄기 뿜어내는 데빌 킹이었다. 아크데몬으로 진화하기 전 최고 등급의 데몬답게 매우 강력했다.

투앙!

"크… 억!"

데빌 킹의 철권이 슈타이너의 복부에 꽂혔다. 상상을 초월하는 데미지에 용투기가 깨지면서 저 멀리 튕겨 나갔다.

누적된 충격으로 골든 나가의 본체가 풀렸다. 동 레벨임에도 2차 전직 유저가 감당하기에는 버거웠다. 그나마 독사왕의 이빨과 타이탄의 권능 덕분에 오래 버틴 편에 속했다.

"크흐흐흐! 용족! 제법 강하다만 나에게는 너의 창술이 통하지 않는구나!"

쿵쿵!

데빌 킹은 자신의 두터운 가슴을 두드렸다. 전투 스타일이 바하무트와 흡사한 무투파였다.

"큭, 10전 10패라니!"

슈타이너가 창을 축 삼아서 일어섰다. 60층부터 69층까지 열 명의 백작을 상대했다. 한 명도 못 이겼다.

"창술 숙련도 많이 올랐어?"

"0.5% 남았어요. 곧 끝나겠네요."

"좋아!"

바하무트가 슈타이너의 앞으로 나섰다. 데빌 킹은 두 주먹을 부딪히며 전의를 불태웠다.

"네놈도 용족인가? 어디 능력을 보여봐라!"

"기고만장하네?"

드드드드!

바하무트가 용투기를 전개했다. 지면이 요동치며 거미줄처럼 갈라졌다. 그에 데빌 킹의 안색이 급변했다.

"헉! 이, 이 기운은!"

"자, 빨리 끝내자. 그 유명하신 후작 나리들 좀 봐야겠으니."

바하무트가 움직였다. 80층까지 코앞이었다.

진짜 고비는 이제부터 시작이지만, 체감상으로는 얼마 남지 않았다.

29장
검은 폭풍의 데이로스

"사탄이시여······."

사보노크가 사탄의 이름을 되뇌었다. 비슷하게 싸웠지만, 작은 틈 하나가 승패 여부를 결정지었다.

하늘을 올려다봤다.

두 개의 불꽃 검이 합쳐지며 몇 배로 부풀었다. 세상을 가를 듯, 활활 타오르는 염살지옥검이 지상을 향해 떨어졌다. 그 무시무시한 위용에 사보노크의 안색이 참담하게 변했다. 그에게는 필살의 의지가 담긴 바하무트의 일격을 막아낼 힘이 모자랐다.

써거거걱!

콰아아아아앙!

사보노크의 거체가 두 쪽으로 쪼개졌다. 염살지옥검은 지면 까지 파고들어 깊은 검흔을 새겨줬다.

어둠의 미궁 78층의 지배자, 사보노크의 날개 퀘스트를 완료했습니다. 알테인의 영주 부레논에게! 가면 보상을 받으실 수 있습니다.

"잡았다."

인간으로 돌아온 바하무트가 바닥에 드러누웠다. 첫 번째 도전에서는 74층의 후작을 죽이고 포기했다.

보조 물품이 바닥나서였다. 고로 이번이 두 번째 도전이었다. 사보노크는 전설의 거신족이라 불리는 타이탄이었다. 흑마력에 물들어서 340레벨의 다크 타이탄이 됐다. 바하무트도 근접전이라면 자신 있음에도 사보노크와의 싸움에서는 거리를 뒀다.

덩치가 얼마나 큰지 바하무트의 두 배를 넘어갔다. 더군다나 덩치에 걸맞는 공격력을 보유했기에 한 방만 맞아도 용투기가 출렁거렸다. 체력과 방어력 등 모든 면에서 완벽했지만 속도가 느리다는 단점을 지녔었다. 그 점을 철저하게 공략했고, 먹혀들었다.

"고생하셨어요."

사보노크의 권속들을 상대하던 슈타이너와 브레인이 다가왔다. 꽤 고생했는지 둘 다 거지꼴을 하고 있었다.

후작들의 권속쯤 되니 악몽 등급에 200레벨이 넘어갔다. 슈타이너도 죽을힘을 다해서 상대했다. 바하무트 혼자 왔었다면 70층도 통과하지 못했을 것이다.

"79층하고 80층만 뚫으면 드디어 데이로스다."

"사보노크보다 강한 건 당연하고, 자신 있어요? 장군 퀘스 트라서 제가 도와줄 수 없을 텐데 ……."

"잘해봐야지."

"설마… 권속들까지 한꺼번에 상대하라는 건 아니겠죠?"

"그건 아닐걸? 퀘스트잖아? 떼거리로 달려들면 399레벨이 돼도 못 이겨."

바하무트가 남은 보조 물품의 수량을 점검했다. 이곳까지 올라오느라고 자린고비 정신을 최대한으로 발휘했다.

어지간해서 시간이 지체되더라도 자체 회복 능력이 허락하 는 한도 내에서는 기타 물품을 사용하지 않았다. 몬스터도 브 레인의 도움을 받아 될 수 있는 대로 피해 다녔다.

"이거 가지고 되려나."

한 사람당 손가락으로 셀 수 있을 만큼밖에 안 남았다. 이래 서는 아슬아슬하겠다.

"이거 받으세요."

"제 거도요."

슈타이너와 브레인이 자신의 몫 중에서 일부를 떼어 줬다. 워낙 배정된 게 적었기에 그래봐야 극소량이었다.

바하무트는 한사코 거부하다가 어쩔 수 없다는 듯 챙겨 넣 었다. 포션 하나가 아쉬운 판이었다. 개똥도 약에 쓸라 하면 없다는 말이 괜히 나도는 게 아니었다. 난감이 상황이 들이닥치면 절실히 와 닿는다. 그 말이 떠오르지 않도록 대비해 둬야했다.

"세 번까지 필요도 없다. 오늘 끝내자."

바하무트가 필승을 다짐했다. 미궁 탐험은 지겨움을 넘어서는 반복 패턴의 연속이었다. 또다시 1층에서 80층을 내려오라면 스트레스로 쓰러질 것이다.

해서 그러한 일을 방지하기 위해 한 번에 끝낼 작정이었다. 마음대로 될지 안 될지는 해봐야 알겠지만 말이다.

*   *   *

꿀꺽.

바하무트를 포함한 세 명이 침을 삼켰다. 어둠의 미궁을 찾아와 온갖 개고생을 한 이유가 눈앞으로 다가왔다.

기하학적인 문양으로 장식된 석문.

이곳을 열고 들어가면 사탄을 지탱하는 사대마공작의 데이로스를 만나게 된다. 그리되면 대장군이 되느냐 마느냐가 결정지어진다. 천하의 바하무트라도 긴장될 수밖에 없었다.

"잠깐 좀 쉬자. 못 들어가겠어."

"제가 다 떨리네요."

"바하무트 님이 빼시는 거 처음 봐요."

"저도 사람입니다. 이거 실패한다고 생각해 보세요."

"히익!"

브레인이 질겁하며 머리를 감싸 쥐었다. 이 시커먼 구덩이에 처박힌 게 언제인지도 모르겠다.

처음 들어올 때만도 210레벨에 불과했었다. 그런데 지금은 233레벨이었다. 23레벨이나 오른 것이다. 아무리 레벨업이 좋다한들 브레인은 하루라도 빨리 이곳을 벗어나고 싶었다. 며칠만 더 머물러도 박쥐하고 형제지간을 맺을 기세였다.

"후우! 들어간다."

마음을 정리한 바하무트가 석문에 손을 댔다.

바하무트 님의 장군 퀘스트 제한으로 파티원 슈타이너 님, 파티원 브레인 님은 입장하실 수 없습니다.

슈타이너와 브레인이 석문에서 물러섰다. 그들에게로 알림음이 들려서다. 강제로 들어가려 해도 저절로 튕긴다.

"형, 꼭 이기세요."

"바하무트 님, 다녀오세요."

씨익.

새하얀 이빨을 내보인 바하무트가 장군 퀘스트의 성공을 위해 석문 내부로 스며들었다.

*   *   *

"다르네, 이곳은."

바하무트가 신기하다는 듯 주변을 두리번거렸다. 지금까지 겪어왔던 평범한 돌이 아니었다. 절망의 평원에서나 볼 법한 황량한 절벽지대였다. 어둠의 미궁 내부에 있다고는 믿기 어려울 정도로 거대했다. 아예 차원을 비집고 세상을 넘은 것 같았다.

"이곳에 손님이 찾아온 게 얼마 만인지 모르겠군. 백 년? 이백 년? 아아… 까마득해……."

바하무트가 들어오기 무섭게 어디선가 쇠를 긁는 음성이 들려왔다. 누군지는 불 보듯 뻔했다.

"나와라. 통째로 날려 버리기 전에."

"오! 무섭군. 무서워."

쿠우우우!

대기가 일그러지며 전체적으로 간편한 차림에 검은 피부를 지닌 남자가 공간을 열고 나타났다. 아크데몬치고는 왜소하게 보여도 겉모습은 껍데기에 불과할 뿐이었다.

360레벨 사대마공작 검은 폭풍의 데이로스.

'다행이다.'

15레벨이나 높았지만 예상보다는 낮은 편이었다. 절망 등급의 몬스터답게 능력치가 대단할 것임은 분명하다. 그럼에도 믿는 바가 있었기에 해볼 만하다고 여기는 중이었다.

"뜨거운 기운, 화룡이로군. 날 찾아온 용무가 무엇이지?"

"널 죽이면 장군이 될 수 있다."

바하무트는 목적을 숨기지 않았다.

아니, 숨길 필요가 없었다. 데이로스는 살벌한 말을 들으면서도 무언가를 골똘히 생각하다가 내뱉었다.

"장군? 그래, 너를 보니 벨케루다인이 생각나는군. 강한 존재였어. 싸우지는 않았지만, 느낄 수 있었지, 내가 질 거라는 걸."

"그렇군."

당연했다. 벨케루다인은 399레벨이었다. 360레벨이 싸워 이긴다는 것은 말도 안 되는 소리였다.

휘이이잉!

대화가 끊기면서 침묵이 감돌았다. 유저와 몬스터이기 전에 용족과 마족이라는 적대 종족이었다. 이렇게 대화나 나눌 사이는 아니었다. 바하무트의 목적은 데이로스를 죽이는 것이다.

"시작하지."

화르르륵!

모공에서 분출되는 열기가 일정 반경을 뒤덮으며 절벽의 일부를 녹여냈다 그 열기의 중심에서 바하무트의 기운이 표출됐다.

"과연, 대단하다."

콰지지직!

검은 피부가 찢어졌다. 강철보다 단단한 외피가 급격하게 부풀면서 진정한 진마라 불리는 마계의 최고위 종족, 아크데몬이 모습을 드러냈다.

쿠쿠쿠쿠!

그야말로 극과 극의 속성이 마주침에 태양과 어둠이 서로를 밀려내려고 안간힘을 썼다. 데이로스는 흥분됐다. 미궁에 처박히고 나서 자유를 박탈당했기에 전투에 굶주려 있었다. 바하무트 정도의 고룡이라면 쌓이고 쌓인 욕구를 풀어주고도 남는다.

"크크크큭! 나를 즐겁게 해줄 수 있겠나?"

그가 아크데몬임을 잊어서는 안 된다. 말투 자체는 차분했지만, 극도로 정제된 순수한 악의가 느껴졌다.

묘한 기류가 흐르는 가운데 바하무트가 용투기를 전력으로 전개했다. 순식간에 능력치가 증폭되며 평소보다 강한 힘이 용솟음쳤다. 데이로스도 그 힘을 느꼈는지 본신의 힘을 거기에 맞췄다.

"내가 춤을 좀 추는데, 같이 출까?"

"기대되는군."

파앙!

상공에 떠 있던 데이로스는 지상으로 떨어졌고, 절벽 위에 서 있던 바하무트는 상공으로 튀어 나갔다.

쿠아아아아앙!

둘의 충돌로 일어난 대폭발을 기점 삼아 바하무트에게 너무나도 중요한 장군 퀘스트가 시작됐다.

        *   *   *

콰콰콰콰!

주먹과 주먹, 발과 발, 신체의 모든 부분이 교차되며 충격으로 대기가 비명을 내질렀다. 눈으로는 따라잡지 못할 속도로 이곳저곳에서 나타나며 절벽지대를 무너뜨렸다. 백병전을 즐기는 둘답게 잔재주는 필요치 않았다. 오직 상대의 살을 찢고 뼈를 부술 공격만을 이어갔다.

폭화 언령술 : 삼 조합 스킬.
뜨거울 염(炎), 임금 왕(王), 주먹 권(拳).
염왕권(炎王拳) : 염왕의 주먹.

콰콰콰쾅!

"큭!"

염왕권의 권격이 데이로스의 얼굴을 마구잡이로 후려쳤다.

그가 밀리면서 공간이 벌어지자 일순 바하무트의 동작이 커지며 강력한 일격을 날렸다.

쫘아아앙!

포탄이 터지는 소리와 함께 데이로스가 저 멀리 튕겨 났다. 바하무트는 곧바로 따라붙었다. 공격을 받아서 데미지를 입든 안 입든 기회가 온다면 무조건 쳐야 했다. 멈출 때는 무기력해지거나 죽었을 때뿐이었다. 우위를 점해도 언제 역전될지 모른다.

터억!

데이로스가 자신의 얼굴을 친 바하무트의 주먹을 움켜쥐고 강제로 꺾었다. 둘의 팔 근육을 뚫고 튀어나온 핏줄이 징그럽게 꿈틀됐다. 힘겨루기 어찌나 치열한지를 단편적으로 보여줬다.

"혼자만 공격한다고 생각하지 않나?"

"공격을 나눠야 한다는 소리를 들어본 적이 없어서."

"나랑은 생각이 다르군!"

퍼어어엉!

데이로스의 발차기가 바하무트의 복부를 끊어서 쳤다. 단타로 치고 들어오는 짧은 공격에 그의 허리가 기역자로 꺾였다. 용투기의 보호를 받음에도 데미지가 적지 않게 들어왔다.

"용족의 용투기는 정말 까다로워."

복부를 칠 때 굉장한 반탄력이 충격의 대부분을 흡수했다. 그것만 아니었어도 비행 능력이 풀려 바닥으로 곤두박질쳤을 것이다.

폭화 언령술 : 삼 조합 스킬.

일백 백(百), 불 화(火), 구슬 주(珠).

백화주(百火珠) : 백 개의 불꽃 구슬.

바하무트가 몸을 숙인 상태에서 조용히 되뇌었다. 계속 붙잡혀 있다가는 시체가 되어 빠져나갈 판이었다.

콰콰콰쾅!

백화주가 터지면서 데이로스 주변을 불바다로 만들었다.

시야를 어지럽히려는 속셈이었다. 얄팍한 수에 불과했지만, 풀려나는 것에서는 성공했다.

그러나 벗어나지는 못했다.

휘리리릭!

"큭! 꼬리?"

칼날보다 날카로운 데이로스의 꼬리가 바하무트의 목을 휘감고 조여왔다. 뱀이 먹이의 숨통을 끊으려는 듯한 엄청난 압력이었다. 용투기가 잘려 나가려는 감각이 바하무트를 스쳐 지나갔다. 자세히 보니 데이로스의 꼬리에 다크 오러가 뭉쳐 있었다.

화르르륵!

폭화 언령술 : 사 조합 스킬.
뜨거울 염(炎), 더울 열(熱), 땅 지(地), 옥 옥(獄).
염열지옥(炎熱地獄) : 뜨겁고 더운 지옥.

염열지옥의 열기가 용투기에 힘을 불어넣으며 자신을 휘감은 이질적인 기운을 태우려고 발악했다.

"나도 꼬리 있다!"

퍼엉!

바하무트가 기다란 꼬리를 움직여서 데이로스의 가슴팍을 후려쳤다.

공기가 터지는 소리가 들리며 목을 조이는 힘이 풀렸다. 그 틈에 재빨리 물러서며 목을 쓰다듬었다. 현대를 살아가는 사람에게 꼬리가 있을 리가 없다. 게임이라도 묘하게 이질적이라 움직이려면 집중이 필요했다. 그렇기에 웬만해서는 쓰지 않았다.

툭툭!

"제법."

데이로스가 가슴을 털었다. 그 역시 흑마력에 육체를 보호받는다. 어쭙잖은 공격은 소용없었다.

'그걸 쓸까? 아니야, 아직은…….'

그 모습을 지켜보던 바하무트가 아이템의 옵션을 살펴보다가 고개를 저었다. 잘못 사용했다가는 아무것도 못한 채로 패배한다. 최대한 버티다가 정말 안 되겠다 싶을 때 써야 했다. 그러나 세상일이 자기 원하는 대로 돌아가는 경우는 드물었다.

"몸도 풀었으니, 본격적으로 붙어볼까?"

"모, 몸을 풀어?"

바하무트가 당황했다. 그는 전력을 다해 싸우는 중이었다. 몸을 푼다는 단어는 어울리지 않았다.

"내… 욕구를 충족시켜 달라……."

콰우우우!

데이로스가 흑마력을 운용하자 어둠이 몰려들며 시커먼 연기가 그의 전신을 감쌌다. 용투기의 능력치 증폭과 비슷한 원리로 보였다.

현재도 약간이나마 밀리는 상태였다. 더 강해지면 그야말로 난감한 상황이 발생한다. 조금 비겁해도 기습만이 답이었다.

처억!

바하무트가 데이로스에게로 화룡의 송곳니를 겨냥했다. 폭화 언령술을 쓸 수도 있지만, 내장된 스킬 공격도 나쁘지 않았다.

"인페르노 이레이저."

즈아아앙!

붉은빛을 내뿜는 광선이 공간을 꿰뚫었다. 초고열을 내포했기에 광선에 닿자마자 모든 것이 증발했다. 빛살 같은 속도에 의해 거리가 눈 깜짝할 사이에 좁혀졌다.

"이건… 위험하군. 크핫!"

콰앙!

팔을 젖힌 데이로스가 흑마력이 응축된 주먹으로 인페르노 이레이저를 쳐올렸다. 궤도가 강제로 바뀌면서 하늘 높이 솟구치며 폭발을 일으켰다.

히어로 등급 스킬을 주먹 한 방으로 막아내다니, 실로 괴물 같았다. 지금도 끊임없이 강해지는 중이었다. 아까와는 차원이 달랐다. 정면으로 붙었다간 뼈도 못 추리겠다.

"어쩔 수 없다."

상대가 전력을 다한다면 자신도 다하는 게 예의였다. 고민하던 바하무트가 결단을 내렸다.

*　　*　　*

우우우우!

마계의 최정상에 군림하는 진정한 진마의 권능이 줄기줄기 뿜어져 나왔다. 데이로스의 포효에서 용마후를 넘어서는 살기가 느껴졌다.

바하무트의 용투기에 그의 기운이 부딪히며 위험을 알리는 알림음이 쉴 새 없이 들려왔다. 장담컨대, 아이템 수준이 예전에서 정체됐다면 이 시점에서 죽었을 것이다.

"어디까지 커지려는 거냐?"

데이로스의 덩치가 바하무트의 두 배를 넘어섰다.

육체가 커진다기보다는 검은 기운이 그의 형상을 닮아가는 중이었다. 혹시나 싶어 용마안으로 관찰해 봤다. 내부 투시가 불가능했다. 공격은 자제했다. 인페르노 이레이저의 위력은 사 조합 스킬과 비슷했다. 쓸데없이 툭툭 건드리느니 큰 걸 먹여주는 게 이득이었다.

크오오오!

후우우웅!

기운의 증가폭이 줄어들면서 마침내 데이로스가 자신의 진면목을 드러냈다. 그에게서 비롯된 후폭풍이 반경 수백 미터를 휩쓸었다.

절벽이 무너지거나 하지는 않았지만, 바하무트는 그것만으로도 충분한 위협을 느꼈다.

퍼어어엉!

폭음이 들림과 동시에 바하무트가 자리에서 이탈했다. 그의 몸통만 한 크레이터가 파이며 절벽이 뒤흔들렸다. 등골이 서늘했다. 0.1초만 늦었어도 그 속에서 허우적댔을 것이다.

"어딜 가나?"

폭화 언령술 : 사 조합 스킬.

큰 대(大), 뜨거울 염(炎), 임금 왕(王), 주먹 권(拳).

대염왕권(大炎王拳) : 거대한 염왕의 주먹.

뒤에서 들리는 소리에 확인도 안 한 채 대염왕권을 날렸다. 그런데 믿지 못할 상황이 연출됐다.

콰콰콰콰!

"이럴 수가!"

바하무트의 주먹이 데이로스에게 붙잡혔다.

대염왕권이 빠져나가려고 발버둥을 쳤지만, 어마어마한 압력에 눌려 무기력할 뿐이었다.

"이게 끝이라면 그대는 죽는다."

콰지지직!

"크아아악!"

데이로스가 바하무트의 오른손을 짓이기고는 잡아 뜯었다. 피가 분수처럼 치솟았다. 졸지에 오른 팔목이 뽑혀 나가 외팔이가 돼버렸다. 뭔가 보여줄 새도 없이 병신이 된 것이다. 그를 아는 유저들이 이 상황을 목격했다면 자신의 두 눈을 의심했을 터였다.

콰드드득!

"크… 컥!"

휘이이잉!

콰쾅!

흉골이 부러지는 섬뜩한 소리가 귀를 스치고 지나갔다. 바위보다도 큰 주먹에 가슴을 직격당한 바하무트가 절벽 깊숙한 곳에 처박혔다.

데이로스는 쫓아가지 않았다. 장군을 꿈꾸는 고룡의 권능이 저걸로 끝이라면 아득바득 따라갈 필요가 없었다. 천천히, 오랜 시간 쌓인 전투 욕구를 풀다 죽이면 그만이었다.

*   *   *

"미… 친, 이건 사기야."

절벽에 처박힌 바하무트가 뽑혀 나간 팔을 보며 욕지거리를 내뱉었다. 미궁을 내려오면서 레벨도 많이 높였고, 반쪽이라지만 겁화의 위엄과 화룡의 송곳니를 착용했다. 그런데도 이 꼴이 됐다.

사대마공작의 막내가 저 정도다. 위의 세 놈은 거론하기도 싫었다.

자체 회복 능력만으로는 누적되는 부상을 감당할 수 없습니다. 치료하지 않으시면 죽으실 수도 있습니다.

바하무트가 알림음을 무시했다.

당장 죽게 생겼다. 이런 거에 신경 쓸 여유가 있으면 스킬 한 번이라도 더 써야 했다.

'30%로 되려나?'

안 되면 어쩌겠는가?

남은 방법은 하나뿐이었다. 단 일격이다. 풀 도핑 상태의 일격으로 승부를 보겠다. 바하무트가 아이템에 달린 두 개의 스킬을 번갈아 훑어봤다. 써본 적이 없었기에 중복 여부에 관해서는 모른다. 제발 됐으면 좋겠다. 둘 중 하나라면 필승을 다짐할 수 없었다.

"염왕대겁신."

불의 정령왕 이프리트의 힘을 빌려 1□분간 본신의 능력이 두 배로 증가됩니다.

푸화아악!

바하무트가 모습이 불꽃에 가려졌다. 그냥 타오르는 불꽃 그 자체였다. 용투기에 불이 붙으며 수천도의 폭염이 절벽을 뒤덮었다. 단단한 바위들이 열기를 못 버티고 흐물흐물해졌다. 상태는 호전되지 않았지만, 이만하면 밀리지 않을 자신이 있었다.

콰앙!

바하무트가 절벽을 뚫고 상공으로 치솟았다. 데이로스는 그를 호기심 어린 눈빛으로 지켜봤다.

"역시 그래야 재미있지."

"죽을지도 모르는데 재미있어?"

"강하면 살고 약하면 죽는다. 약육강식, 그것이 마계의 법칙이다. 진정한 진마는 죽음을 두려워하지 않는다. 두려워하는 것들은 죄다 마족의 탈을 쓴 쓰레기지."

"난 지쳤어. 웬만하면 이번 공격으로 끝내고 싶다."

"좋군."

쿠우우웅!

데이로스가 응축한 흑마력을 전신으로 흘려보냈다. 무슨 수를 썼는지는 몰라도 바하무트의 기운이 두 배 가까이 높아졌다. 소극적인 자세는 스스로를 망치는 지름길이다. 공격은 곧 최선의 방어였다. 저 고룡을 쓰러뜨려 마족의 위대함을 증명할 것이다.

"화룡왕의 레프트 암."

바하무트의 왼팔이 몇 배로 거대해졌다. 그의 팔이 아니라 크라디메랄드의 팔을 빌려 왔다.

> 己ㅁ초 동안 화룡왕 크라디메랄드의 왼팔이 보유한 권능이 부여됩니다. 어떠한 기술이든 사용할 수 있지만, 바하무트 님의 몸 상태가 좋지 않은 관계로 최고 등급의 스킬 사용이 제한됩니다.

> 己ㅁ초 동안 단발 공격력에 한해서 데미지가 ㅋㅁㅁ% 증가합니다.

염왕대겁신과 화룡왕의 레프트 암이 중첩되며 무시무시한 데미지 증가를 가져왔다. 이 상태라면 이 조합 스킬이라도 사 조합 스킬에 버금가는 위력을 보여줄 것이다.

'뭘 쓰지?'

바하무트는 짧은 시간 동안 수 없이 고민했다. 생각은 길지 않았다. 폭화 언령술의 단발공격 중에서 가장 강력한 것은 대염왕권이었다. 조금 전에는 데이로스의 손아귀에서 미처 꽃을 피워보지도 못한 채 사그라졌다. 그렇기에 설욕의 기회를 주려 했다.

쿠쿠쿠쿠.

가뜩이나 화룡왕의 권능으로 몇 배나 거대해진 바하무트의 주먹이 또다시 범위를 넓혀갔다. 이제는 작은 동산이 통째로 움직이는 듯한 착각마저 들었다. 이미 오 조합 스킬의 위력을 넘겼음이 분명했다. 그래야 했다. 데이로스는 오 조합으로도 죽일 수 없다.

"절벽에 묻어주도록 하지. 묘비 대신이라고 생각해."

쿠아아아!

바하무트가 왼팔을 휘둘렀다.

그에 평소의 열 배가 넘는 크기의 대염왕권이 압도적인 위용을 과시하며 내리 떨어졌다.

"크흐! 내가 왜 검은 폭풍이라 불리는가를 알려주마."

콰드드득!

데이로스가 회전했다.

주변의 대기가 빨려 들어가며 검은 폭풍이 하늘을 꿰뚫을 듯 치솟았다. 얼핏 보면 바하무트의 폭류나환과 비슷했지만, 규모면에서 확연히 달랐다.

직경이 백 미터에 달하는 특대 규모였다.

인위적으로 만든 천재지변에 튼튼한 절벽조차 흡입력을 견디다 못해 균열을 일으켰다.

쩌어어어어엉!

한쪽을 녹이고 한쪽은 빨아들이는 두 기술이 정확히 중심부에서 맞부딪혔다. 그리고는 곧, 절벽지대 전체를 날려 버리는 충격파가 바하무트와 데이로스를 삼켜 버렸다.

*　　　*　　　*

"망할."

바하무트는 돌무더기 속에 파묻혀 있었다.

어디로 떨어졌는지는 모르겠다. 그냥 밀어내는 대로 튕겨
나갔다.

파묻히고 나서 첫 번째로 한 일은 본체를 풀고 포션을 복용
하는 거였다. 그대로 뒀다간 출혈 과다로 죽을 판이었다. 과부
하에 걸리지는 않았기에 용투기를 고스란히 쓰는 게 가능했
다.

문제가 있다면 용투기 지속 시간이 끝나간다는 것이다. 상
태가 정상으로 돌아왔다고 좋아할 일은 아니었다.

용투기의 지속 시간이 5분 남으셨습니다.

투캉!

본체로 변한 바하무트가 돌무더기를 뚫고 상공으로 날아
올랐다. 5분이다. 5분 내로 결착을 내야 했다. 안 그러면 진
다.

바하무트가 감각을 넓혔다. 데이로스의 움직임을 포착하기
위해서였다. 희미한 뭔가가 느껴졌다. 약해졌다기보다는 감추
고 있는 듯했다.

"이런!"

쾅!

눈치챘음에도 때는 늦었다.

바하무트의 등판에 데이로스의 몸통박치기가 작렬했다. 그

엄청난 데미지에 용투기에 흐릿해졌다.

흩어지기 직전까지 온 것이다.

폭화 언령술 : 사 조합 스킬.

일천 천(千), 터질 폭(爆), 불화(火), 구슬 주(珠).

천폭화주(千爆火珠) : 터지는 천 개의 불꽃 구슬.

콰콰콰쾅!

"크으으윽!"

천폭화주의 폭발에 데이로스가 신음성을 내뱉었다. 가볍게
무시할 법한 공격임에도 대염왕권에 상당히 피해를 입었나 보
다. 이게 바하무트의 마지막 폭화 언령술이었다.

> 용투기 지속 시간이 1ㅁ초 남으셨습니다.

파팟!

바하무트가 본체를 풀었다.

쓸 수 있는 용투력은 고작해야 백 남짓이었다. 이걸로는 쓸
수 있는 스킬이 없었다. 그는 스킬 대신 인비저블 보우를 꺼내
쉬지 않고 쏴댔다. 넋 놓고 죽는 것보다는 나았다.

쩌저저적!

"켁!"

화살을 피한 데이로스가 바하무트의 목을 잡고 지면에 내리

찍었다. 거미줄처럼 금이 가며 그가 대자로 뻗었다.

"죽을 것 같군. 정말 위험했다."

데이로스의 몰골은 처참했다. 일단 흑마력을 전부 소모했다. 강철 같은 근육도 많이 쪼그라들었다. 전신에서 검은 피가 흘러내리며 살갗을 찢고 돌출된 뼈가 엿보였다.

"죽지."

"아쉽겠군. 장군이 되지 못해서."

"방심하기에는 아직 이른데?"

"무슨?"

퍼퍼퍼퍽!

"커륵… 이게… 뭐?"

화르르륵!

바하무트는 겁화의 기사 두 명을 소환해서 데이로스의 등 뒤를 급습했다.

불과 1~2초밖에 소환하지 못했지만 무방비였기에 치명타가 터졌다. 큰 부상을 입은 상태에서 감당하기에는 버거웠다.

"좀 죽어라. 제발!"

퍼퍼퍼펑!

바하무트는 목을 조이는 힘이 풀리자마자 다시금 장거리에서 화살을 쏴댔다. 죽으라고, 제발 죽으라고 빌고 빌면서 말이다.

그 기도가 통했을까?

데이로스가 드디어 무릎을 꿇고 숨을 헐떡였다.

온몸에 난 상처에서 흑마력이 새어 나갔다. 마침내 지루하고 긴 공방 끝에 원하던 결과를 만들어낸 것이다.

『폭룡왕 바하무트』 5권에 계속…

말년병장, 이등병되다!

에바트리체 장편 소설
FUSION FANTASTIC STORY

대한민국 남자라면 알고 있을 바로 그 이야기!

『말년병장, 이등병 되다!』

전역을 코앞에 둔 말년병장, 이도훈.
꼬장의 신이라 불리던 그가 갑자기 훈련병이 되었다?!

"…이런 X같은 곳이 다 있나!"

**전우애 넘치는 군인들의
좌충우돌 리얼 군대 이야기!**

Book Publishing CHUNGEORAM

LORD

FANTASY FRONTIER SPIRIT

RAY SHADE

영주 레이샤드

한승현 판타지 장편소설

저주받은 영지 아베론의 영주 레이샤드.
열다섯 번째 생일날,
정체불명의 열쇠가 그의 운명을 바꾸었다!

『영주 레이샤드』

시험의 궁을 여는 자, 원하는 것을 얻으리니!
시련을 극복하고 새로운 땅의 주인이 되어라!

레이샤드의 일대기가 시작된다!

FANATICISM HUNTER

광신사냥꾼

류승현 판타지 장편 소설

FANTASY FRONTIER SPIRIT

『블레이드 마스터』의 류승현 작가가 펼쳐내는
판타지의 새로운 신화!

마도대전을 승리로 이끈 유리언 대륙의 영웅,
최강의 아크 메이지 제온!

그러나 '세상의 섭리'에 아내와 아이를 빼앗기는데…….

『광신사냥꾼』

만약 그것이 정말로 세상의 섭리라면,
그마저도 무너뜨리고 말리라!

복수를 위한 제온의 위대한 여정이 시작된다!

Book Publishing CHUNGEORAM

유행이 아닌 자유추구 ~
WWW.chungeoram.com